一根毛先生

肖定丽　著

知识出版社

图书在版编目（CIP）数据

一根毛先生 / 肖定丽著. -- 北京 : 知识出版社，2017.9
ISBN 978-7-5015-9604-1

Ⅰ. ①一… Ⅱ. ①肖… Ⅲ. ①长篇小说－中国－当代 Ⅳ. ①I247.5

中国版本图书馆CIP数据核字（2017）第225384号

一根毛先生 肖定丽 著

出 版 人 姜钦云
责任编辑 周 玄
插图绘画 夏婉琳
装帧设计 友间文化
出版发行 知识出版社
地　　址 北京市西城区阜成门北大街17号
邮　　编 100037
电　　话 010-88390659
印　　刷 太原日报传媒集团有限公司
开　　本 650mm×830mm 1/16
印　　张 13.5
字　　数 120千字
版　　次 2017年9月第1版
印　　次 2021年1月第4次印刷
书　　号 ISBN 978-7-5015-9604-1

定　　价 30.00元

目录

万尔福的头发

你认得万尔福吗？他是一个值得你认识的人。他这会儿正坐在树下读书，在没走近他之前，你来猜猜他的年纪好吗？哦，猛一看，四十多岁，再一看，三十多岁，仔细一看二十多岁。对，他真的才二十多岁，千真万确，他还没有结婚呢。那他为什么看上去那么老呢？你若想弄明白，就上前问一问，当然，问人家的年龄是不礼貌的。可是万尔福并不在意，他会不动声色地反问你：“你不觉得我很成熟吗？哈哈哈！”

万尔福这会儿正在看书，看一本关于头发的书。是的，万尔福有很多书，都是写怎样保护头发的。他的床头、桌子上、沙发角、书架里、厕所内，到处都有他的书。他一有时间就要看。关于怎样让头发变得又黑又亮，怎样染发，怎样把直头发烫弯，怎样把弯头发拉直……万尔福可以讲三天三夜。他的姐姐建议他出一本主题是头发的书：“你把有关

头发的事全写在书里吧，一点不剩全写上。”姐姐听他讲头发的事都听腻了。但万尔福一点也不在乎，他说：“我对头发情有独钟。我可以不说话，但一说话，一定要说头发。”除了写头发的书，万尔福还买了许多理发护发用品：剪刀、推子、电吹风、梳子、摩丝、发胶、高级洗发精，多得无法数清。“这跟高级理发店没有什么区别呢！”一看到这些东西，万尔福就会露出满足的笑容。为了买这些东西，万尔福不惜省吃俭用。万尔福要出门时他的上衣口袋里插一把小梳子，裤子口袋里装一只小镜子。这样，他可以什么时候想看他的头发就什么时候看，什么时候想梳他的头发就什么时候梳。他出门要打伞，怕太阳晒坏了头发；还要戴上帽子，怕头发被风吹雨淋；他随身带着照相机，为头发拍照留纪念。

你想知道万尔福为什么这样爱他的头发吗？你想知道万尔福的头发有多少吗？说出答案，你不要笑话万尔福，他的头发只有——一根。

万尔福姐姐的两个女儿，也就是万尔福的宝贝外甥女，红豆豆和绿豆豆，她们希望万尔福永远只有一根头发，她们觉得那才有趣呢！

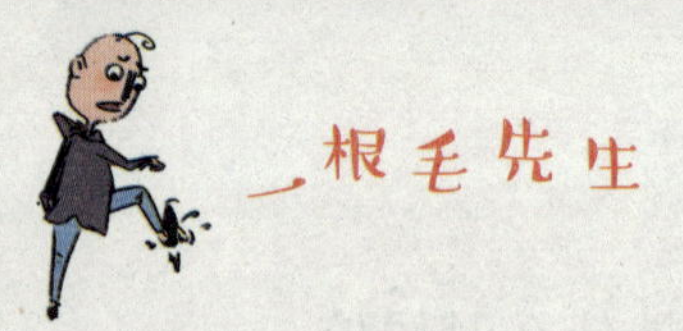

万尔福的记性

万尔福的记性一点也不好，他和女朋友约会，总爱忘记时间，所以他现在还没有结婚。为此，他特意到药店去买来一瓶记忆水，没想到又忘了喝，等他想起来，记忆水已经失效了。他又想了许多办法，比如用笔把要做的事写在纸上。可到后来，不是找不到笔，就是找不到记事的纸。小卖店的笔和纸全被他买光了。“唉，幸亏我没结婚，如果结了婚，有了孩子，我的坏记性就会遗传给孩子，孩子的记性也不好，他也会忘记和女朋友约会的时间，不但他痛苦，我也会为他痛苦。假若儿子结了婚，又有了孙子，孙子也会为记性不好而痛苦。这样子子孙孙无穷尽，痛苦也无穷尽，太可怕了！”想到这里，万尔福就松了一口气：没结婚真好啊！

不过，记性不好带来的麻烦太多，万尔福很苦恼。这时，有人给他建议说，搬家可以改变记忆。万尔福觉得这个主意不错，他很快收拾行李，搬到一个人口密集的小区。搬进新房子后，望着明亮的窗户，万尔福激动得眼泪汪汪，天哪，自己就要成为一个记性好的、一个全新的万尔福，这太重要了。他得好好地庆祝一番！

万尔福兴冲冲地来到街上，他买了一瓶酒，买了一块肉，还买了一根大骨头……累得满头大汗地往家里走。走着走着，万尔福糊涂了：我的家在哪里？是的，万尔福找不到自己的家了！万尔福站在十字路口发愣，他问从他身旁经过的人："请问，你知道我的家在哪里吗？"人家吃惊地望着他："你的家在哪里我怎么会知道！"更多的人以为他在开玩笑，不想回答他。终于，有一个人耐着性子站住，问道："你家住在几号楼？"万尔福摇摇头。"你家的门牌号是多少？"万尔福摇摇头。"你家住几楼？"是三楼呢，还是四楼呢？万尔福仍然想不起来。"那么，我再问你一个问题，你一定能回答出来。你叫什么名字？""我叫……"叫什么来着？万尔福彻底傻了，他想不起自己叫什么名字了。"哦，原来是个傻瓜！"那人摇摇头走了。"我是个傻瓜吗？一个连自己的名字都不知道的人，可不就是个傻瓜嘛！"万尔福为自己的坏记性笑了。"让我清醒清醒吧！"万尔福打开酒瓶，咕咚咕咚喝了起来。

万尔福喝得酩酊大醉，歪歪斜斜地往前走。拐了三个弯，穿过四条巷子，爬上五楼，他竟然——回到了家！

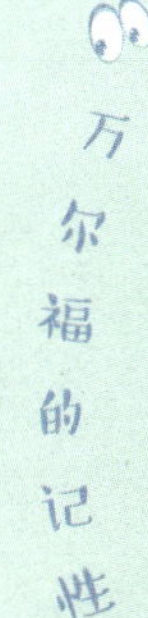

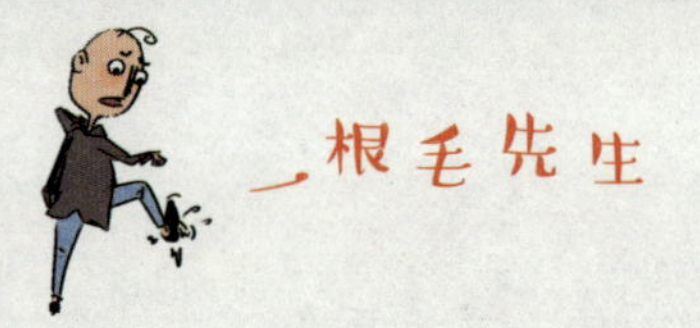

无聊的一天

这是十分没意思的一天，万尔福不想看书，不想吃饭，不想看电视……真无聊啊！可万尔福昨天才给自己订过计划，要让每一天过得有意义。万尔福决定到野外去过有意义的一天。

万尔福骑着他的红色自行车来到野外。

草地上的绿草被太阳晒得香喷喷的，空气也被太阳晒得香喷喷的。看着大片的草地，万尔福觉得有点遗憾，草地上太空了，如果有两三只蝴蝶，在上空飞来飞去，草地就变得生动了。可惜自己不会变蝴蝶，不然，这一天一定会过得非常有意义。太阳太好了，晒得万尔福有些困倦，他想躺在哪儿休息一会儿。昨天刚下过雨，草地上还是湿漉漉的。万尔福朝旁边的一棵大树走去。大树下也没处躺，因为树下有个大水坑。万尔福灵机一动，拉出头上唯一一根头发，往树枝上一扔，唰唰一拽，他的身体就被吊了起来。他把头发打了一个蝴蝶结，两脚一蜷，像只蚕蛹一样，舒舒服服地睡起觉来。

刚睡了一会儿，万尔福觉得浑身发热，他慢慢地脱去衣裳，一抬胳膊，发觉两条胳膊变成了两只翅膀，他变成蝴蝶啦！

“哦，我终于可以做一件有意义的事了，我去给寂寞的草地添一些风景！”万尔福兴冲冲地飞到草地上空。

万尔福刚飞一圈，就有一花一黄两只蝴蝶朝他飞过来。万尔福想：多么美丽的蝴蝶，选一个做我的女朋友一定不错。

见到万尔福，花蝴蝶和黄蝴蝶吃惊得翅膀都不会扇动了。花蝴蝶问万尔福：“你是什么东西？”

万尔福说：“还用问，我跟你一样，是蝴蝶呀。”

黄蝴蝶一听要笑死了：“你黑乎乎灰溜溜的，你不是蝴蝶，是蝙蝠。”

“不，他只有一根触须，又大又蠢，是犀牛。”

“你污染环境！”

“太丑陋啦！”

“滚开！”

“别……”万尔福刚想分辩，他的翅膀就被花蝴蝶和黄蝴蝶紧紧地扯住了。

“一、二、三！扔！”花蝴蝶大声喊着，狠狠地把万尔福朝悬崖扔去。

“啊——”万尔福吓得大叫起来。

“扑通！”万尔福掉进了水坑里。

原来，拴头发的树枝断了。万尔福从水里爬出来，从梦中清醒了。他烦恼地骑上自行车，身上的水在滴滴答答往下滴。他成了一只落汤的蝙蝠？犀牛？反正不是蝴蝶。

噢，这真是无聊的一天。

错误的信

万尔福今天心情不错，他坐下来准备写信。

第一封写给舅舅，第二封写给姑妈，第三封写给女朋友。

他在给舅舅的信上写道：亲爱的，我万分想念你。你满脸的皱纹像菊花，我喜欢你驼背的姿势，仿佛一直要拥抱我，我更喜欢你含糊不清的话语，好像一个劲地在对我说："万尔福，我爱你我爱你我爱你……"最后，我要在你的胡子上吻一百下。永远爱你的万尔福。

他在给姑妈的信中写道：亲爱的，我多想躺在你的怀里，听你讲故事，你的声音永远那么美丽动听，在你生日那天，我将给你送去一只大蛋糕。

他在给女朋友的信中写道：亲爱的，你的眼睛像星星，照亮我的黑夜。你的小嘴像玫瑰的花苞，一笑就露出石榴

一样的牙齿。每当我想你的时候，你就像仙女一样在我的眼前飘来飘去。过不了多久，你会收到我送给你的玫瑰花。你是我心中永远的花仙子。

写完这三封信，万尔福觉得很愉快，他哼着歌儿把信纸装进信封。可是，万尔福怎么也没想到，他把信纸装错了信封。他把给舅舅的信装进了给女朋友的信封里，把给姑妈的信装进了给舅舅的信封里，把给女朋友的信装进了给姑妈的信封里。这三封装错的信被邮递员带走了。

不久，万尔福收到了三封回信。

第一封是舅舅的，一打开，舅舅就一下把万尔福紧紧地抱在怀里，他大着嗓门说："你从来没有躺在我的怀里过，舅舅要给你讲故事故事故事故事……"万尔福的脸被舅舅的胡子扎得满是坑，痛得万尔福急忙扔下信纸。

第二封信是姑妈的，他刚展开信纸，就见姑妈浓妆艳抹，眨着长长的假睫毛对万尔福说："亲爱的，你什么时候送我玫瑰花呀？"她一笑，从满是皱纹的脸上抖落的脂粉，迷得万尔福睁不开眼睛。

万尔福吓得把信纸捏成一团。

第三封信自然是女朋友的，万尔福先在信封上亲了一百下，才小心翼翼地打开。"唰"的一下，女朋友涂满红指甲的手伸出来，朝万尔福勾了勾食指。万尔福一脸陶醉地凑过去，没想到女朋友的手猛地一伸，狠狠地给了万尔福一个耳光。万尔福被打得眼冒金星，晕倒在地。“哼，竟敢说我满脸皱纹，我……”信纸落在地上，有字的一面被盖住，女朋友没了声音。

这就是写错信的后果啊！万尔福发誓再也不一次写三封信了。

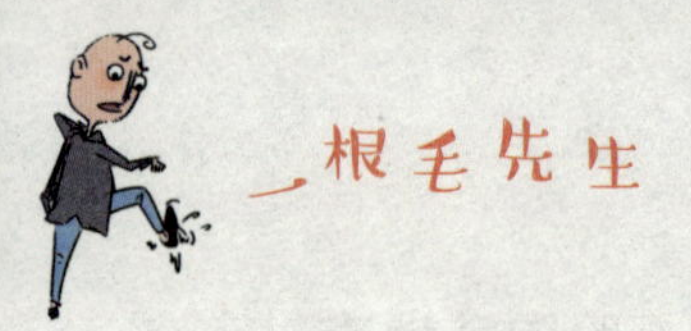

时髦的衣服

哎呀，上班要迟到了！

万尔福一慌，把牙膏挤到了毛巾上，拿起牙刷就往脸上刷，痛得他哇哇直叫。真是越忙越出错。一阵忙碌之后，还好，万尔福准时离开了家。

骑上红色的自行车，万尔福吐了一口气，今天总算不会迟到。

万尔福得意地吹起口哨来。

忽然，万尔福发现从他身边经过的人都在看他，准确地说是在看他的衣服。哦，那是他前天刚买的衣服，这种款式别人早就穿过，一点也不显眼，看来，我穿衣服的样子一定像个模特。我成了大家注目的对象啦！万尔福快乐地甩了甩他唯一的一根头发。

啊，后面来了一群姑娘，万尔福放慢了自行车的速度，得让这些姑娘看看他的新衣服。

姑娘们赶上来了，果然，她们的目光紧紧地盯上了万尔福的衣服。万尔福激动得头昂得更高了。姑娘们看见万尔福的样子，互相挤挤眼睛，嘻嘻哈哈地大笑起来。万尔福也跟着她们笑，还冲她们友好地点头，姑娘们笑得更历害了。

“姑娘们，你们是不是觉得我很帅？”万尔福装出一副谦虚的样子问。

这一下，姑娘们笑得差一点从自行车上掉下来。

“你们真的很喜欢我吗？我可以跟你们同行。”万尔福热情地说，他从没这么惹姑娘注目过。“放心，我绝不是什么坏蛋！”

“噢，你真可爱，我们不需要保镖！”一个涂红色口红的姑娘吹了一声口哨。

姑娘们骑着自行车飞快地远去了。

万尔福正遗憾呢，姑娘中有一个停下自行车等着万尔福。“啊，这个姑娘真美，她一定是喜欢上了我这英俊的模样！”万尔福想。

“你在等我吗？”万尔福满面笑容地问。

姑娘说：“是的。”

“我猜你一定是有什么话要对我说。”万尔福有把握

地说。

姑娘微微一笑说：“我是想告诉你，你的上衣穿反了。”

说完，姑娘像鸟一样地飞走了。

万尔福一看，自己的上衣果然穿反了，大家看他的原因原来是……万尔福的脸一下子红了，他觉得连他那根头发都红了，他恨不得变成身下的那辆红自行车。

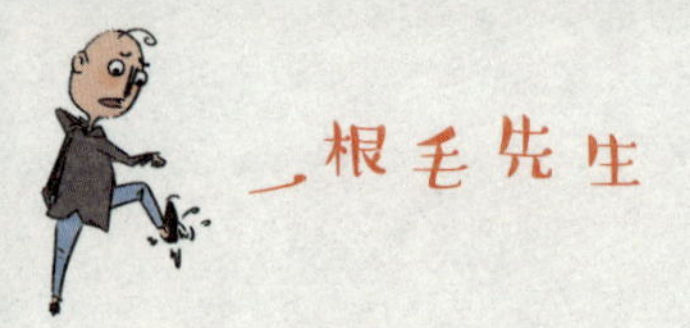

去幼儿园讲课

幼儿园的老师听万尔福的两个外甥女红豆豆和绿豆豆说，万尔福十分爱惜头发，想请万尔福去讲一讲爱惜头发的好处。因为很多小朋友不知道爱惜头发。万尔福本来不想去，因为他只有一根头发，不好意思；另外，他又没当过老师，不会讲课。可一想到是给幼儿园的小朋友讲课，万尔福就一口答应了。

当老师，得写一篇发言稿。万尔福苦思冥想了半夜，撕了一地的废纸，才写好一篇发言稿。啊，有了发言稿就不怕明天讲课了。万尔福把发言稿放在枕头底下，安安稳稳地睡觉了。

一大早，万尔福就起了床，他要好好打扮一番，打扮得像一个真正的老师。头上要不要戴帽子？嗯，得戴一顶帽子，这样就会给小朋友们一个惊喜。上衣穿什么？夹克衫掉了三粒纽扣，西装皱皱巴巴的，还是穿那件白衬衫吧，虽然袖子有点短，但照照镜子一看，很精神呀！裤子只有一条牛仔裤，别无选择。白衬衫配牛仔裤，万尔福觉得自己帅呆啦！

那么，用什么声调给小朋友们讲课呢？

“小朋友们好——嗯，声音太小了，小朋友们会听不见。小朋友们好——哦，声音又太大，会吓着小朋友们。”

万尔福在镜子前走来走去，不断地说：小朋友们好！小朋友们好！小朋友们好……一会儿声音大，一会儿声音小；一会儿声调长，一会儿声调短。

直到万尔福要发言的前一分钟，他才慌慌张张地赶到幼儿园。

老师说：“小朋友们，欢迎万尔福叔叔给你们讲课！”

小朋友们热烈地拍起手来。

万尔福激动紧张得直搓手，一个劲地冲小朋友们笑。

老师说：“请讲吧，万尔福先生。”

万尔福这才想起来发言稿，一摸口袋，发现自己竟然忘了带发言稿。没有发言稿，万尔福一个字也讲不出来。天哪，万尔福几乎要晕过去了，看着一直盯着他看的小朋友们，他只好一个劲地说：“小朋友们好！小朋友们好！小朋友们好……好好好……”

“哈哈哈……”小朋友们都大笑起来。

老师吃惊得瞪大了眼睛，他的两个外甥女羞得捂上了眼睛。

钉扣子

万尔福要出门，他穿上衬衣和牛仔裤，对着镜子整理头发。

呀，好帅！万尔福对着镜子挥了挥拳头。就在这时，“嘣”，衬衣上的一粒纽扣掉了下来。万尔福皱了皱眉头，只好脱下来钉纽扣。

可是，刚才的纽扣不知掉到哪儿去了。万尔福在沙发底下找，在墙角找，在旁边的纸箱子里找，把皮鞋也脱下来倒一倒，裤子口袋全翻了出来，仍没找到那粒白色的小纽扣。

没办法，只能找一粒别的纽扣来代替了。

万尔福在抽屉里找到一粒黑色的纽扣，钉在了白衬衣上。他穿上衬衣对着镜子照一照，白衬衣，黑纽扣，像衬衣长了一只黑眼睛，太难看。他只好用剪刀剪掉，一不小心，却将衬衣剪了一个小洞，真烦恼。没关系，找一个大一点的扣子把洞遮住。找哇找，他找到一粒绿色的大纽扣，一针一线缝呀缝，对着镜子看一看，白衬衣绿纽扣，难看难看！再剪掉，一不小心，他把刚才的洞剪得更大了。“这真是把锋利的剪刀！”万尔福为他的剪刀自豪。得找一粒更大的纽扣缝上，还得是粒白纽扣。最后，万尔福终于找到了一粒白纽扣。万尔福欣喜若狂，飞针走线，很快缝好了纽扣。万尔福哼着歌儿，跑到了镜子前。一看镜子，万尔福的笑容一下掉到了地上。原来，白纽扣太大，像个大草帽，把万尔福的大半个白衬衣都遮住了。没办法，只好又用剪刀剪掉。“哎呀！”万尔福剪掉扣子后不禁大叫一声，他把衬衣剪出一个更大的洞，穿在身上一看，大半个肚皮都露在外面。万尔福气得三下两下扯掉衬衣，卷成一卷塞进了沙发下面。

他一阵风似的跑到商场买了一件背心套在身上。哼，这一下可不用缝纽扣了。

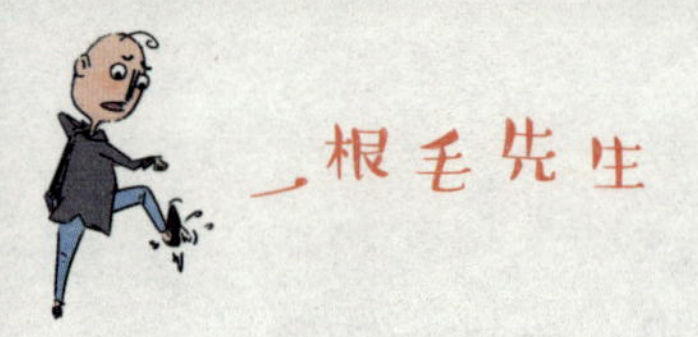

万尔福的毛边裤子

万尔福唯一的牛仔裤破了两个洞，因为明天要参加一个朋友的聚会，他得去买一条新裤子。

万尔福来到商场，那里的裤子真多，万尔福的眼睛都有些花了，摸摸这条，看看那条，不知该如何选择。

“先生，你看这条裤子多适合你呀！”导购小姐走过来说。

导购小姐手里举着一条毛边牛仔裤，满脸都是笑容。

“好吧，就要这一条。”万尔福点头同意。

“先生真爽快呀！”导购小姐把裤子卷起来就要放进手提袋里。

万尔福忽然发现新裤子的裤边没有缝上。

“毛边裤子怎么穿呀？”万尔福叫道。

导购小姐捂着红色的嘴唇笑了：“先生，你真是外行，现在正流行这种毛边裤子，它有很多好处呢！一是这裤腿很长，拿回去你可以根据你自己的腿的长短，随便剪随便缝；二是你自己动手做裤子边会得到很多的乐趣，你会觉得你真是一个非常了不起的裁缝。先生，这样有趣的裤子哪里找去？”

“啊，原来这毛边裤子还有这么多好处，我买了！”

万尔福买好裤子，吹着口哨回到家。

第二天，万尔福去参加朋友的聚会，他找出昨天买的那条毛边裤子，一试，长了半截。他找来一把剪刀，从每一个裤脚剪下一截。

穿上一看，还是长，只好脱下来再剪去一截。穿上再看，还是长，脱下来再剪。地上已经落下一地布边儿，万尔福像个裁缝一样笑了。他麻利地又挥起剪刀。刚才剪下来的太少，这次剪多一点。剪好一试，左腿长，右腿短。于是又拿起剪刀剪左腿。剪好一比，右腿又比左腿长。只能再剪右腿。剪过来剪过去，万尔福的手也累酸了。看着地上堆得厚厚

的布条儿，万尔福想：这下一定不长了。

万尔福穿上他剪好的毛边裤子，往上一提，他简直吃了一惊，裤子短到了他的膝盖处！天哪，这又不像长裤又不像短裤的裤子，怎么穿呀，当长裤太短，当短裤太长。眼看聚会的时间就要到了，万尔福看着镜子里的自己，急得头发都竖了起来。

“丁零零”，电话铃响了，万尔福抓起电话。

“喂，聚会就等你一个人了，快一点！”

“好吧，我马上到！”

万尔福放下电话后灵机一动，脱下裤子，把两条裤脚对齐，一剪刀剪下去。

两分钟后，万尔福走出屋子。他穿了一条很精神的牛仔裤头，飞奔而去。只是初春的天气，让万尔福刚出门就连连打了三个喷嚏。

春天的梦

春天来了，万尔福带着一包花籽来到院子里，他要在院子里撒满花籽，将来开满鲜花。有了美丽的花儿，说不定还能吸引来美丽的姑娘。

万尔福正美滋滋地想着，忽然听见有人在敲院门。咦，花儿还没种下呢，就有姑娘来了！万尔福扔下花种就去开门。

开门一看，原来是一只疲惫不堪的白猫，但它的身上落满了尘土，快成一只小黑猫了。万尔福有点不甘心地又朝门外张望一番，没想到那只白猫却笑着说：“先生，你的眼神可真不好，敲门的人就站在你眼前，你都看不见。嘻嘻嘻！”

“哦，是你敲门呀！”万尔福像做梦一样，使劲眨眨眼睛。

“我是一只旅游猫，走路走累了，想找你讨杯水喝。”白猫说。

“喝吧，这儿有水。”万尔福懒洋洋地把杯子递过去。

白猫喝完水，笑一笑说："如果有一碟鱼汤拌米饭……"

"有的。"万尔福迅速地端来一碟鱼汤拌米饭。

"你真是个急性子，我是说鱼汤拌米饭上再放上两三条鱼。"

万尔福只得又去为白猫拿来三条鱼。

白猫吃饭，万尔福种花籽。

太阳暖洋洋的，万尔福有点困了，他干脆躺在刚种下的花籽旁睡起觉来。

刚睡着，万尔福就听见有一个细细的声音在叫他。他睁眼一看，原来是刚种下的花籽开花了，越开越大。后来，花朵变成了一个美丽的姑娘。天哪，这有点像做梦！只见姑娘的笑脸比花儿还娇艳，正露着又白又细的牙齿朝他笑。可是，再往下一看，万尔福愣了，原来姑娘的身子是猫，还有一条摇来摇去的尾巴。万尔福连连感叹："可惜可惜，这么好看的姑娘却长了一条猫尾巴。"

猫尾巴姑娘听了说："没关系没关系，我会变，我一缩进花里，就看不见尾巴了。"

说完，猫尾巴姑娘一下缩进花朵里，只露出一张好看的脸。

看着花朵里的脸，万尔福的心都要蹦出来了："哇，好完美呀！”

这时，猫尾巴姑娘说：“再过一分钟，我就要凋谢了，让我吻你一下好吗？”

“不不不，你不能凋谢，不能！”万尔福急切地叫道。

猫尾巴姑娘不再说话，凑过来吻万尔福的脸。

万尔福觉得脸上痒痒的，一下子醒过来，只见白猫正用粉红的舌头舔他的脸呢！万尔福一下跳起来，没想到一下踩在锄头上，锄头的木柄正打在他的额头上，痛得万尔福眼冒金星。万尔福彻底醒了。

白猫已把碟子舔得干干净净，正要跟万尔福告别。

“谢谢你，谢谢你的水，谢谢你的鱼汤拌米饭，谢谢你的鱼，真好吃。我没有什么好报答你的，就舔了舔你的脸，你会想起我的。再见，好心的万尔福先生！”

白猫说完，摇摇尾巴出了院门。

万尔福发了一会儿愣，他不相信刚才发生的一切都是梦，那个猫尾巴姑娘实在是太漂亮了。他看着刚种下的花籽，忽然趴下，猫一样飞快地扒起土来。

五分钟后，万尔福的院子里尘土飞扬，种下的花籽全被扒了出来。万尔福满身黄土，跪在院子中间大口喘气，他成了一个“灰姑娘”。

万尔福失眠

万尔福穿上他的牛仔裤、白衬衫，吹着悠扬的口哨，他去和姐姐给他介绍的新女友约会，因为上次写错信之后，女朋友就和他分手了。要打扮得帅一点才行。他把唯一的一根头发用梳子细细梳理，又精心地在头顶上盘了一圈又一圈，挤点摩丝，喷点发胶，洒点香水，将发梢高高翘起，像一条想要飞翔的小龙。万尔福看着镜子里的自己，满意得哈哈直笑。

“好帅的小伙子呀，再漂亮的姑娘也会爱上我的。唑唑，新崭崭、香喷喷，像一块刚烤好的面包，帅呆啦！”

充满自信的万尔福一阵风似的来到约会地点。

黄昏，柳树下，穿黑衣的姑娘。哦，是她！

万尔福咳嗽一声，说：“你好！”

姑娘没有动静。万尔福忽然想起来要对暗号，便像一个诗人一样念起诗来。

“月上柳梢头。”万尔福念。

“人约黄昏后。”一个闷雷一样的声音，震得万尔福两耳欲聋。

姑娘猛地转过身来，万尔福一看，差点吓晕过去。只见她尖尖的鼻子黑黑的嘴，蓝蓝的眼圈绿色的眼珠。河马腰，粗又圆，身上的裙子像被单。

啊，简直是一个巫婆的女儿！万尔福差点叫出声来。

再看姑娘的头，乱糟糟的头发快堆上了天。

“看，最新的发型，漂亮吗？”姑娘用打雷的声音问。

“啊，这个，漂……漂……漂亮。”万尔福觉得自己在发抖。

“瞧，最流行的黑嘴唇，美吗？”

“美，美。”万尔福要晕过去了。

“唰！”姑娘从怀里掏出一把闪闪发光的刀子。

“你，你要干什么？”万尔福拔腿要跑。

“这是我的防身武器。我长得太美了，妈妈说，坏人见了我会起歹心。如果坏人要劫持我，我就用这把刀子对付他。”

万尔福一听，忍不住放声大笑起来。

“哈哈哈，你可真会开玩笑，能劫持你的坏人这辈子都不会出生吧……”

“你说什么？”姑娘瞪大了眼睛，把手里的刀子舞得呼呼响。

“我是说，你长得太漂亮，为了对付坏蛋，应该准备两把刀子才对。”

姑娘一听开心地笑起来，她显出一副十分害羞的样子说：“不，以后，我一把刀子也不会带了，因为你是我的男朋友，你会保护我的。对不对？”

说着，姑娘身子一歪，就要往万尔福身上靠。万尔福怕自己被压成肉饼，吓得拔腿就跑。

“等等，你还没问我的名字呢，太没礼貌啦！”姑娘叫起来。

万尔福跑得更快。

“站住！再不站住，我就要把刀子甩到你的后脑勺上。我的刀法可是百发百中。”

万尔福一听，急忙站住。

姑娘走过来，握住万尔福的手说：“我叫花朵，是的，我的名字就像我的长相一样美。好吧，从此以后，你就成了我永久的男朋友。我会找你的，再见！”

花朵用力握了握万尔福的手，转身哼着浑厚有力的歌声走了。万尔福看看自己被握过的手，已肿成一双塑料吹气手，痛得他大叫一声，像射飞的子弹一样跑回了家。

这天夜晚，万尔福失眠了。他一闭眼睛，就看见花朵的样子。

“噢，这要是一个噩梦该多好，醒来就什么都没有了。”

他被失眠折磨得坐在窗前。忽然，他看见花朵手里舞着刀子，笑眯眯地朝他走过来，说：“万尔福，我有一个治失眠的好办法，如果我来亲你一口……”

万尔福还没来得及躲闪，花朵的黑嘴唇就像吸盘一样吸在了他的脸上。

“噢，天哪！”

万尔福叫了一声，他是不再失眠了，不过，他晕了过去。

好丑的花朵姑娘

万尔福被失眠症折磨得很痛苦，只好在白天补一补睡眠。

电话铃响了。

“喂，是万尔福吗？”

“我是万尔福，姐姐。有什么事吗？”

万尔福和姐姐通电话。

“告诉你一个好消息。”姐姐说。

“什么好消息？”万尔福想，千万别再是给我介绍女朋友。

“我又给你介绍了一个女朋友啊！”姐姐夸张地叫道。

姐姐的话让万尔福牙疼。

“今天你要去动物园和她见面，她喜欢看猴子。”

“可是姐姐，我很困，我不想约会，就想痛痛快快地睡一觉。”万尔福信不过姐姐，姐姐总是把猪八戒看成是美天

仙。

“别说了，下午四点半，准时见面。记住，她手里拿着一把折叠扇。”

“她漂亮吗？”万尔福问。

“哈哈，那还用说，不看不知道，一看吓一跳。保管她能治好你的失眠症。”

姐姐说完挂了电话。

万尔福乐了，对着镜子打扮起来。现在让人一看就吓一跳的漂亮姑娘不多见呀。

万尔福来到动物园门口，左看右看，到处找拿折叠扇的姑娘。

哦，终于看见了，那位姑娘靠在栏杆边，用折叠扇遮住半个脸，只剩下眼睛在外面，可是眼睛上又戴着一副很大的墨镜。哇，万尔福想，一定漂亮得不得了，是怕别人看见吧。万尔福笑逐颜开地走过去，他举着手里的一枝红玫瑰，正想说话，只见那姑娘“哗”地收起折叠扇，“唰”地摘去大墨镜，张开大嘴叫道：“万尔福！”

万尔福一看，啊，原来是花朵！天哪，糊涂的姐姐把同一个姑娘介绍给他两次。万尔福眼前一黑，“扑通”，晕倒在地。

花朵看看躺在地上的万尔福，摇摇头，说：“妈妈老是夸我漂亮，我以为她是哄我玩，原来，我花朵真的能让人倾倒。噢！迷人的万尔福，让我送你回家。”

花朵一手拾起地上的玫瑰花，一手像拾玫瑰花一样地拾起地上的万尔福，唱着她以为动听的刺耳的歌声，呼呼生风地朝大街小巷走去。

天黑下去，万尔福苏醒过来。他摸摸一脸的凉水，一定是花朵浇的。他躺在床上，却失眠了。他问自己，难道我万尔福就这样糟糕，只配找花朵这样的姑娘吗？苦恼啊苦恼，

越苦恼越失眠。

万尔福又一想，我为什么要失眠，我为什么要为花朵失眠，不值得嘛！可是他却为花朵失眠了，万尔福后悔哟。花朵那么丑，她怎么敢把名字叫成花朵呢？假东西越来越多，连名字都有假的。嘿嘿，一个姑娘尖尖的鼻子黑黑的嘴，蓝色的眼圈绿色的眼珠。河马腰，粗又圆，身上的裙子像被单。头发乱糟糟，高得堆上天。哈哈，她是我的女朋友，多可笑啊！万尔福笑得开心，笑得脸发酸，笑得好疲倦……呼呼呼，万尔福笑着笑着睡着了。一觉睡到大天亮。

丑姑娘不但让人失眠，还可以给人催眠。

孤独的万尔福

万尔福害怕孤独，偏偏又很孤独，因为他没有结婚，女朋友倒是有，就是不喜欢。

孤独哇，孤独哇，苦哇苦哇……

万尔福越想越觉得孤独。看看吧，家里的一切都是单的，都是孤独的。一只碟子一只碗，一张桌子一只凳子，一把茶壶，一只杯子，一根头发孤单单。就连照在墙上的影子也显得那么可怜。

这个世界上还有比我更孤独的人吗？没有了，万尔福是独一无二的可怜虫。没意思呀，没意思呀，这个世界根本没有人会记得我啊，我活在这个世界上是可有可无啊！悲伤啊，哇哇哇……万尔福放声大哭起来。

这一哭，万尔福有一个新的发现，就是他在掉泪的时候，泪珠是成双捉对的。哦，原来我的身上还有不孤独的东

西呀。让我找找，也许还有成双的东西。哦，原来自己哭的时候是用两只眼睛。虽然只有一个鼻子，但是有两个鼻孔。一张嘴，两排牙齿。一左一右两只耳朵，一边一条两条胳膊，不多不少两条腿……哎呀，成双的东西可真不少，本来是一个万尔福，加上投在墙上的影子，不就是一对万尔福吗？哈哈，这一发现真让万尔福高兴啊。

哈哈哈，哈哈哈，万尔福笑了，笑出了一对对不孤独的泪珠。

重赏下的勇夫

星期天，万尔福去公园玩。

深秋，人造浅水湖里的水清澈见底。万尔福很喜欢深秋的水，他蹲下来用手摸一摸，啊，秋天的湖水好凉啊！万尔福站起来，急忙甩去手上的水。只听“咚”的一声，可不是万尔福甩掉的水珠子，是万尔福手腕上的表甩进了湖水中央。万尔福眼睁睁地看着自己的表沉进水底。虽说他的表是防水的，可是他总不能每天跑到公园的湖里来看时间吧。

哎呀哎呀，得赶紧把表捞上来才是。

可是，湖水那么凉，万尔福不敢往下跳，急得直转圈子。这时，周围围了很多看热闹的。万尔福灵机一动想了一个办法，于是，他朝人群大喊起来："我的一只新表掉进了湖水里，若谁帮我捞上来，我这里有报酬！"

"多少钱？"有人问。

"五块！"万尔福喊。

可是没一个人跳水。

"十块！"万尔福继续喊。

仍然没人跳水。

"十五块！"

没人跳。

"二十块！"

没人跳。

"三十块！"

没人跳。

"五十块！"

万尔福的话音刚落，只听"扑通"一声，有人跳进了冰冷的湖水里。

跳水的不是别人，正是万尔福自己。那防水的表是他花五十块钱买来的。

与花朵告别

万尔福正在家里一边欣赏音乐，一边看如何保护头发的书，忽然听见一阵紧急的敲门声，像有八门大炮在轰响。万尔福不知道发生了什么事，吓得三步并作两步跑去开门，鞋都忘了穿。

开门一看，万尔福吓得差点晕过去。门口站着一个人，尖尖的鼻子黑黑的嘴，蓝蓝的眼圈绿色的眼珠……哇，是花朵呀！对，就是姐姐给万尔福介绍的女朋友花朵。

“你你你……”万尔福说。

“我我我，对，是我！别怕，我把刀子藏起来了，你知道在哪里吗？”

花朵说着地动山摇地走进来，一屁股坐在椅子上，“咔嚓”，椅子粉碎性骨折，瘫痪在地。花朵慌忙用宽大的裙子盖住椅子，不慌不忙地从乱糟糟的头发里摸出一个东西来。

那东西黑幽幽的，发出窸窸窣窣的响声。

“知道这是什么吗？这是大蟒蛇的皮大衣，大蟒蛇把它赠给我当刀子套。”花朵怜爱地在大蟒蛇的皮上亲了一口。

万尔福眼前一黑，晕了过去。

花朵喝了一口凉水，朝万尔福的脸上“噗”地一喷，万尔福苏醒过来。

花朵摸出一瓶酒说：“可怜的万尔福，我这里有一瓶烈性酒，喝一口壮壮胆。你的胆子太小了，跟我在一起是要有胆量的。”

万尔福很紧张，接过酒瓶，“咕咚咕咚咕咚……”他一口气喝了半瓶。

花朵问：“万尔福，你还害怕吗？胆子有没有大一点。”

“花朵，你知道吗，我讨厌和大蟒蛇打交道的姑娘！”万尔福大喝一声。

“哦，好哇好哇，你真的长胆子了，不愧是烈性酒。”花朵高兴得把一条椅子腿捏成两段。

“好吧，我希望我们永别了！”万尔福歪歪斜斜地朝花朵走过来。

“不，应该说再见。”花朵说。

“是永别！让……我们友好地握手，说……永别！”

万尔福一把握住花朵的手。

“哇——”花朵痛得大叫起来，“快放手！放手！”

万尔福不放手，握得更紧，还说：“永别永别永……”

“哇哇哇……妈妈呀妈妈呀！”花朵大叫。

“不要悲伤……永别……哇哇哇！”

万尔福也惨叫起来，他握花朵的手忽然刀扎一样痛起来。

就这样，万尔福倒在地上，不知是醉倒的还是晕倒的。

第二天，万尔福醒来，发现自己的手上有两排深深的牙印，手还在一跳一跳地痛。这是怎么回事呀，万尔福想来想去想不明白。

这时，电话铃响了。

“喂，万尔福！”电话里一个又像老虎又像狮子的声音在咆哮。

“哦，我是万尔福……”

“限你五分钟内赶到医院，不然，永别！”

听明白了，这个声音不是老虎也不是狮子，是花朵。

五分钟，得快点儿！

万尔福骑上单车，五分钟就赶到了医院。

透过住院部的窗户，万尔福看见了花朵。天哪，她的尖鼻子上缠着厚厚的绷带，肿得赛过水桶。她一边托着鼻子，

一边放开喉咙痛哭，泪水流得像下瓢泼大雨。

医生说："从来没见过这样的病人，人的鼻子肿成大象的鼻子，这太不容易了。一定是男朋友打的！"

"你说什么？这是我男朋友跟我告别时，把我的鼻子当成了手，当然，他是喝醉了……"

花朵说着猛一抬头，发现了站在窗户外面的万尔福。只见她的脸由白变绿，由绿变蓝，由蓝变紫，她的两腮鼓起来，变成了一个大喇叭，朝着窗户一声轰鸣：

"哇——"

"哗啦"，窗户玻璃被震得朝四面八方飞去。巨大的声浪把万尔福抛上天，朝着远方狠狠扔去。

两分钟后，万尔福像一架被击落的战斗机，从高空一头栽下来。

"永别了，世界！永别了，花朵！"

万尔福用双手蒙上眼睛。

浆糊表哥

万尔福像往常一样在一边听音乐，一边看有关保护头发的书。

“表弟！哈哈哈！”

一个洪亮的声音从远处传来，笑声到人也到。原来是万尔福的长腿表哥，一丈开外就向万尔福伸过手来。可手还没握到，长腿表哥的额头就“咚”地撞在了门框上。因为他的腿长，所以他的个子高，可他偏偏记不住自己的个子高，就免不了要碰壁。

长腿表哥被碰倒在地，头上起了个大青包，却还在笑，他说：“表弟，我可找到你了，我们差不多有一百年没见面了。哈哈哈！”

“只有一年。长腿表哥，你怎么找到这儿来的？”万尔福惊讶地问。

“看，我到前边那座大楼里工作了，我可以天天跟你聊天了。哈哈哈，聊天是我唯一的嗜好，还记得吗？”

“不，你还有一个嗜好，就是发出震耳欲聋的笑声！”万尔福的耳朵被震得嗡嗡作响。

“哎呀表弟，你可真是我的知音呀。你在看什么书？哦，是保护头发的书，啊，这本好书哇，对你很有用啊……”

长腿表哥滔滔不绝地讲下去，从一个话题转到另一个话题。

万尔福进卧室，他到卧室去讲，万尔福去做饭，他到厨房去讲，万尔福上厕所，他到厕所去讲。长腿表哥像浆糊一样粘在万尔福的身上。长腿表哥不断被自己的精彩话题逗得哈哈大笑。

呜里哇啦，哈哈哈，呜里哇啦，哈哈哈……

长腿表哥不让万尔福睡觉，拉住万尔福讲得痛快，笑得也痛快。长腿表哥说：“我已经很久没有讲得这么痛快，笑得这么痛快了。知音难觅呀，老弟！”

万尔福听“呜里哇啦，哈哈哈，呜里哇啦，哈哈哈”听得头发都竖了起来。

终于，长腿表哥打了个哈欠，他困了。

“慢，我听了你那么多‘呜里哇啦，哈哈哈’，我还一句没讲呢！”万尔福被吵得耳朵嗡嗡响，哪里睡得着觉。

万尔福拉起长腿表哥，对着他的耳朵“呜里哇啦，哈哈哈哈，呜里哇啦，哈哈哈”，没完没了。

长腿表哥听得眼发直，头发懵，浑身发抖。长腿表哥说：“你……你……你为什么像浆糊一样粘着我，我……我……我受不了啦！”

长腿表哥推开万尔福，拔腿就跑。他腿长跑得快，霎时没了踪影。

万尔福大笑不止，原来对付浆糊表哥就得用浆糊办法呀！哈哈哈……

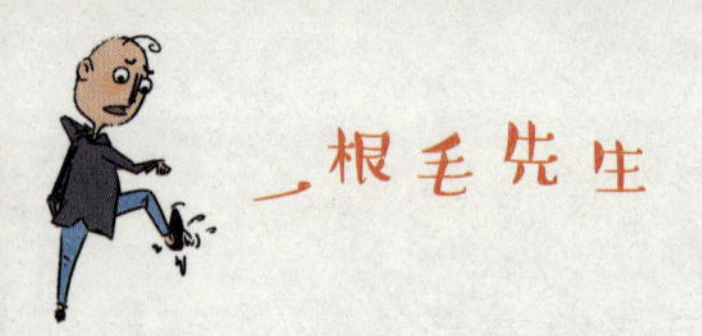

万尔福的美人计

这是一个难得的星期天，万尔福打算让这一天过得很舒心。

这时候，电话铃响了。

“喂，迷人的万尔福，我是让你倾倒的花朵，我们今天约会好吗？”

万尔福一听是花朵的声音，几乎晕了过去。

“这个……对不起，我今天加班，不能陪你了。”

“噢，可怜的万尔福，你只能过一个遗憾的星期天了。”

“是的是的，再见！”

万尔福捋了一下脑门上的汗，庆幸花朵没搅了他美好的星期天。

万尔福刚想出门，电话铃又响了。

“哈哈哈，我是长腿表哥，马上找你聊天去。别走开，我马上到！”

没容万尔福说话，长腿表哥就挂了电话。

一想起长腿表哥的“呜里哇啦哈哈哈”，万尔福的脑袋就乱成一窝马蜂。啊，有了！

万尔福抓起电话。

一会儿，长腿表哥来了。万尔福笑眯眯地看着长腿表哥。

“啊，好表弟，你的情绪不错呀，是不是听我的‘呜里哇啦哈哈哈’听上瘾啦？告诉你，今天只许我‘呜里哇啦哈哈哈’，不许你‘呜里哇啦哈哈哈’，你若想……”

“嗨，万尔福！”

花朵穿着一件黑色的裙子出现在门口，明亮的天空顿时暗下来。

长腿表哥张大嘴巴看着花朵。

“我来介绍一下，这是我的女朋友花朵。这是我的长腿表哥。你们先聊天，我去买些点心回来。”万尔福说。

长腿表哥看着花朵说：“我从来没见过黑色的花朵，你应该穿白色的裙子。”

“什么，你是说我穿黑色的裙子不好看吗？这可是我妈妈给我做的，它很时髦不是吗？我像不像一只黑凤凰呢？”

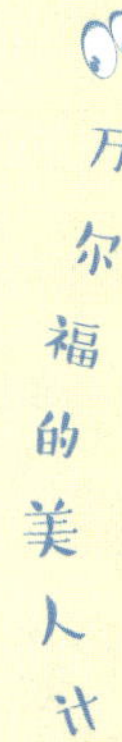

花朵凶狠地瞪着长腿表哥。

“哈哈哈，我看倒像一只大黑猪！”

“你说什么？你敢骂我是大黑猪，我看你更像烂电线杆子！”

“你说什么，大黑猪，你一点也不配做我表弟的女朋友！”

“烂电线杆子，你更不配做我男朋友的表哥！”

“你给我滚出去！”

“你滚出去！”

花朵扑过去，掐住长腿表哥的脖子往外推。长腿表哥扑过来，扯着花朵的黑裙子往里挤。

“万尔福，快救救我！”花朵喊。

“万尔福，救命啊！”长腿表哥叫。

“哎哟，痛死我啦！”

“痛死我啦，哎哟！”

这时，万尔福正坐在繁花似锦的公园里看书呢，想起自己的“美人计”，他不禁“哈哈哈”地笑起来。

万尔福醉酒

万尔福买了一本书，准备晚上看，这是一本跟头发有关的书，万尔福喜欢所有跟头发有关的书。万尔福刚翻开书，长腿表哥就打电话来，让万尔福到他家和他聊天。万尔福正想拒绝，长腿表哥说：“你若不来，我就到你家去聊，反正我腿长，走路快。”

万尔福急忙说：“我马上去！”

万尔福准备了两瓶酒，他不想听表哥“呜里哇啦哈哈哈”地又说又笑，对万尔福来说，“呜里哇啦哈哈哈”是一种残酷的精神折磨。所以，他想让长腿表哥喝酒，喝得醉醺醺的，喝得他张不开嘴，说不出话。这样，万尔福就可以回来看书了。

没想到长腿表哥不上当，他滴酒不沾，反而一个劲地对着万尔福的耳朵“呜里哇啦哈哈哈”。

痛苦啊痛苦，忍无可忍啊忍无可忍。万尔福只好借酒浇愁，一杯又一杯。

“啊，表弟，你一定遇到什么不顺心的事了吧。常言道，借酒浇愁愁更愁。表弟，古人说……”

万尔福打断长腿表哥的话，说：“不，我要喝……”

于是，万尔福一杯又一杯。

长腿表哥酒未沾唇，万尔福已经醉倒在地。

万尔福拒绝长腿表哥送他回家，自己一路摔跟头回到家。

“我没醉，我要看书！”万尔福自言自语。

可他一进门，就踢翻了椅子。他扶起椅子说：“看，椅子四条腿还站不稳，是我帮了它的忙。我没醉。”

他给自己倒了一杯水，结果倒得满桌都是，万尔福说：“杯满则溢。瞧，我的思维多么清晰。”

“看，我还能弄亮电灯。”万尔福打开屋里大大小小的电灯。

“我还可以把电风扇打开。”电风扇吹起来，“呼呼呼”，吹得穿着短袖衬衫的万尔福直发抖。

他还唱了两支歌，要不是邻居来敲门，他还要继续唱下去。

他干了不该干的一切，就是没干他想干的事——读书。

哦，万尔福忽然想起来，别人都说我喝醉了爱摸鼻子，我今天一次也没摸，说明我没有喝醉。

其实，他除了右手不停地在干这干那外，左手一直在鼻子上摸来摸去，根本就没离开过。

第二天，万尔福醒来，觉得鼻子又沉又重。他抱过镜子来一看，啊，他的鼻子肿成了一只红通通的大灯泡。

“有了这只红灯泡，我夜晚看书就不用电了。哈哈哈！”镜子外面的万尔福指着镜子里的万尔福大笑不止。

医治头晕病的喜鹊

万尔福得了头晕病，晕起来天旋地转，屋子好像一直在转，地球仿佛变软了，一踩就直往下陷。晕得他不能上班，不能吃饭，不能骑自行车，连在床上睡觉，他都得用绳子把自己绑在床上。

长腿表哥给万尔福送来一个秘方，上面写着用喜鹊可以治头晕病。万尔福一看到喜鹊两个字，就把秘方塞到了枕头底下。万尔福喜欢听所有的小鸟唱歌，他可不想因为自己的头晕病，就剥夺一只喜鹊的性命。

真是无巧不成书，正当万尔福为头晕病痛苦万分的时候，“吧嗒！”一只喜鹊不偏不倚，正掉在万尔福的窗台上。

万尔福捧着身子软绵绵的喜鹊，以为是上天赐给他的礼物。他连连向上天鞠了三个躬，说：“我一定要吃了这只喜鹊，治好我的头晕病。我不吃活的喜鹊，死的喜鹊倒可以吃。

我来问三遍，如果喜鹊是活的，就不吃，如果是死的就吃。”

“喜鹊，你是活的吗？”

万尔福连问三声，没听见喜鹊回答，没回答就是死的，虽然万尔福头晕，但关于这一点他一点也不晕。

万尔福从枕头底下拿出秘方来，只见秘方上写着：烧开水，拔毛，清炖，不放盐。

万尔福用旺火烧开水，“咕嘟咕嘟咕嘟”。

然后他拿来两只盆子，一只红，一只蓝。红盆放开水，蓝盆放冷水。开水盆里拔毛，冷水盆里洗干净。

可是，把喜鹊往盆里放的时候，出了一点问题，由于万尔福晕头晕脑，把喜鹊放进了冷水盆。这一下，出现了一个意想不到的结果。喜鹊刚一放到冷水里，忽然“扑棱棱”地站起来，睁开眼睛，对着万尔福大叫一声：“嘎！”

“天哪，原来是一只睡着的喜鹊，我差点把它放进了开水盆。罪过……”

万尔福晕了过去。

其实，这是一只受惊吓晕过去的喜鹊，被冷水一激，就苏醒过来了。它抖抖身上的水，展翅从窗户飞上蓝天。

没想到，喜鹊抖动翅膀时，冷水溅了万尔福一脸，万尔福也苏醒过来。

“哎呀，我这是怎么啦？咦，我弄两盆水来干什么？脸我早已洗过了。”

说着，万尔福麻利地把两盆水端去倒掉。

就在这时，万尔福想起了一件事，那就是他的头不晕了。

“哇，原来喜鹊真的能治头晕呀！”

万尔福根本弄不清自己是否吃了那只喜鹊，他只是一个劲地高兴，高兴得头有点“晕乎乎”的。

为花儿战斗

万尔福的女朋友花朵给万尔福送来一束鲜花，万尔福虽然不喜欢花朵，但喜欢花朵送给他的鲜花。他刚把鲜花插在花瓶里，长腿表哥迈着长腿来了。

长腿表哥照例是一路哈哈大笑，照例进门不低头，额头碰出个大青包，坐在地上发半天愣，才回过神来。

长腿表哥发现鲜花，马上扑过来，一把从花瓶里拔出来，大笑着说：“哈哈，这花儿不赖，一定很香吧！”

“这个，你不能……”

万尔福话音未落，长腿表哥已经把鲜花凑到鼻子上，使劲往里吸了一下。花香顿时被吸光。长腿表哥吸第二下，五彩缤纷的花儿全没了颜色。长腿表哥吸了第三下，鲜花只剩下一把枯枝。

万尔福吃惊地看着长腿表哥，由紧张到生气，由生气到

愤怒，由愤怒到举起拳头。“哇，气死我啦！我要和你打一架！”

万尔福朝长腿表哥扑过去。

长腿表哥把枯枝扔在地上，冲万尔福摇摇头：“你打不过我的，表弟，从小你就打不过我。”

“我要为花儿战斗！”万尔福大喊一声为自己壮胆。

可万尔福和长腿表哥比起来，仿佛小兔遇见了老虎。眨眼间，万尔福就被打了个落花流水，倒在地上不能动弹。

长腿表哥拍拍手上的灰，拂袖而去。

万尔福抱着那把枯花枝，伤心得痛哭流涕。没想到万尔福的第一滴泪水落在花枝上，花儿就鲜活起来。第二滴泪水落在花枝上，花儿就有了颜色。第三滴泪水落在花枝上，花儿就有了香味。天哪，鲜花还是那束鲜花，万尔福的眼泪救活了它。万尔福高兴得抱着鲜花放声大笑。

万尔福的笑声未落，长腿表哥的笑声就飞进来。他一看见鲜花，伸手就要来抓。可他又忘了低头，额头重重地撞在墙上。

万尔福趁机一把将鲜花塞进嘴里，三口两口吞进肚里。

长腿表哥目瞪口呆，万尔福哈哈大笑。

花朵的窗帘

今天，花朵有一个奇思妙想：给所有的窗户装上窗帘。

花朵来到商场，对营业员说："我买窗帘。"

营业员问："你要什么尺寸的？"

"你看呢？"花朵最烦别人在她面前提尺寸，"小号的显然不合适，中号的差了点，大号的刚刚好，还是加大号的正合适。"

营业员问："你是给你买呢，还是给你的窗户？"

"什么话，难道我要穿窗帘吗？"花朵大怒。

营业员马上点头说："对不起，请问，你要给几个窗户装加大号的窗帘？"

"我算算，啊，是四个窗户。因为我的名字叫花朵，所以，我的窗帘布也要带花朵的。我喜欢黑色，对，我就要黑底黑花的窗帘。"花朵说。

买好黑底黑花的窗帘，花朵要亲自给窗户布置起来。

她哼着连她自己也听不懂的歌，在墙上敲钉子，安铁环。叮叮当当，稀里哗啦一阵忙，花朵把四个窗户的窗帘全安上了。

花朵看着自己的杰作，感动得直叹气："噢，花朵，你是我见过的手儿最巧的姑娘。我应该让万尔福来欣赏欣赏，他一定会为我倾倒的。"

花朵去打电话，可半天没找到电话，原来屋里的光线太暗，屋里的东西根本看不清楚。她摸索了好一会儿才找到电话，"喂，是万尔福吗？我怎么看不见你。"

万尔福说："天哪，又是花朵，不知她又要跟我捉什么迷藏。"

花朵："快到我家里来，我要给你一个惊喜。一定要来，不来不行。"

万尔福："好吧，花朵永远不会让我惊喜，她只会让我惊讶。"

万尔福来到花朵家门口，花朵猛地拉开门，把万尔福拽进屋里。万尔福像掉进深井里，大叫起来："花朵，你想干什么？别杀我，也许我会爱上你，跟你结婚的！"

"什么，万尔福，你说的是真的吗？我还没有给你惊喜，你就答应了，你太好了！嗯，么么么！"花朵在万尔福的脸上一阵狂吻，可是由于看不清，她吻的根本不是万尔福的脸，而是万尔福的脖子，痒得万尔福哈哈直笑。

"啊，花朵，你要给我什么惊喜呢？"万尔福问。

“噢，刚才太激动，我差点忘了。看，我的闺房里四个窗户都安了窗帘。你没看见吗？”

“我什么也看不见，求你快把窗帘拉开吧，我觉得这不像闺房，倒像鼹鼠的窝。”

花朵拉开灯，“怎么样，现在看清楚了吗？”

万尔福一看，只见房间的四面八方的墙都被黑布围了起来，“这就是你给我的惊喜吗，用可怕的黑布把墙围上。”

“不，这是我设计的窗帘，加大号窗帘。瞧，一拉开窗绳，我只轻轻一拉，四个窗户一眨眼就出现在你的眼前。”

花朵拉住像蜘蛛网一样结在一起的绳子，拉呀拉，拉呀拉，终于四个窗户出现了。天哪，万尔福真是吃惊极了，原来，花朵的窗户只有巴掌大。

“跟我想的完全一样。”

万尔福转身就走。

花朵看着万尔福的背影，先发傻，后吃惊，最后她愤怒地大叫：“万尔福，你是一块木头！”

花朵气得用力一拉绳子，窗帘全被她从窗户上扯下来，盖在她的身上，花朵成了一只大黑蜘蛛。

万尔福回头一看，不禁“哈哈”大笑，他说：“花朵，你真的给了我一个惊喜。”

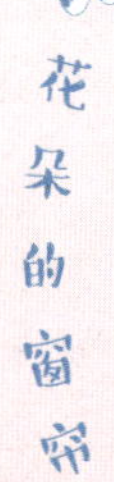

超级甜点花朵

街上新开了一家点心店，外面挂了一幅广告，写着：幸福的人儿都吃点心。

花朵看着这幅广告很开心，她想：我是幸福的人儿，当然要吃点心。花朵就进去买了一份甜点。当她哼着歌儿回到家一看，家里也有一幅广告，写的是：苗条的人儿都不吃甜点。花朵看着手里美丽诱人的甜点犹豫起来：我该怎么办呢？

花朵发愁地在屋里走来走去，甜点就摆在桌子上，仿佛伸出无数只小手在向她召唤。我为什么不能吃甜点？为什么？为什么？让我来打个电话问问万尔福吧。“喂，万尔福，你觉得我是吃甜点可爱，还是不吃甜点可爱？”

万尔福的心情正不好，随口说道：“你吃甜点不可爱，不吃甜点也不可爱。”

“你说什么？再大声点，我听不见。”

花朵一叫，万尔福才回过神来，忙说：“哈哈，我是说，你吃甜点……啊啾，不吃甜点也……啊啾！”

说完，这两天刚好感冒的万尔福挂了电话。

花朵摇摇头：“真不明白万尔福在说什么！”

花朵又开始在屋里走来走去，她自言自语道：“我一定要给自己找一个吃甜点的理由。”走着走着，她忽然叫道：“我明白了，原来是这样。我这么做了，吃甜点就有了理由！”

花朵把单人沙发换成了三人的大沙发，把单人床换成了双人床，把普通的镜子换成了哈哈镜。

花朵往三人沙发里一坐，她对自己说：“天哪，我瘦得厉害，原来坐在沙发里像大象，现在坐在沙发里像小猫！”

花朵往双人床上一躺，惊叫道：“天哪，我这是怎么啦，谁把我的身子锯成两半了吗？原来我睡在床上一大片，现在我睡在床上一条线！”

花朵往哈哈镜前一站，她差点晕倒，原来的镜子照不下，现在的镜子却只用了一点点。哎呀呀，镜子里的花朵又瘦又长，又憔悴又娇弱，一阵风甚至一阵微风就能刮走。“噢，为了万尔福，为了不让可怜的万尔福成为光棍汉，我得变胖，我得吃甜点！”

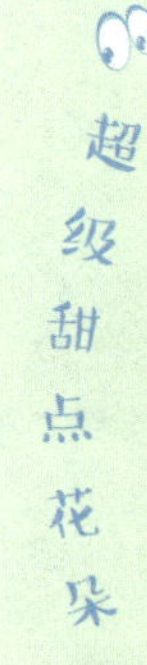

花朵朝桌子上的甜点奔过去，风卷残云般把一大堆甜点吃个一干二净。

花朵打着饱嗝说：“幸福的人儿都吃甜点，吃甜点的人儿都幸福。”

“花朵！花朵！我是想告诉你不吃甜点……”

外面响起万尔福的声音，花朵打开门。

万尔福抬头一看，花朵已成了一个超级甜点。

花朵问：“我不吃甜点会怎么样？”

“哦，你不吃甜点，就成不了超级甜点！”

说完，万尔福拔腿就跑。

花朵的鸟窝头发

花朵非常烦恼，她对万尔福的第三次求婚又失败了，原因是万尔福嫌花朵没有特长。花朵说：“我有特长，我的特长就是头发长。”万尔福说他不喜欢长头发。总不能把头发剪掉吧，当然不能，因为花朵像爱她的生命一样爱她的头发。最好是让头发变得有用，怎样才能让自己的头发变得有用呢？花朵一直苦思冥想。

啊，有了！花朵看见天空中的小鸟，有了一个妙主意：我把头发盘成鸟窝，让小鸟来住，我的长头发不就有用了吗？哈哈，这真是一个好主意！想到这儿，花朵高兴得跳起来，如果她能跳起来的话。

花朵就把头发盘成鸟窝状，坐在院子里等小鸟。等了一整天，别说小鸟，就是小鸟的羽毛也没落进她的头发里。花朵坐在夕阳里唉声叹气。

万尔福正好从这儿经过，他问花朵："你在干什么？"

花朵说："我在干一件有意义的事，我用长头发给小鸟垒了个窝。可是，我等了一天，一只鸟也没有来。"

"没想到花朵还是一个很有爱心的姑娘。"万尔福停下脚步，想了想说，"你应该在头发上插一个牌子，写上'鸟儿的自然保护区'几个字，这样，小鸟才会明白。"

"哇，万尔福，你真伟大，你真有学问，你真了不起，你真善解人意……咦，万尔福呢？"花朵左看右看，万尔福不知什么时候不见了。

第二天，花朵真的在她的鸟窝头发上插上了"鸟儿的自然保护区"的牌子。

让花朵伤心的是，她又空等了一天。

万尔福来问："情况怎么样？"

花朵悲伤地摇摇头。

第三天，仍没有鸟儿来居住。

第四天……

第五天……

万尔福告诉花朵："哈哈，花朵，你就是在院子里站成一棵树，鸟儿也不会来居住，因为，鸟儿不喜欢头发垒的窝。"

花朵听了心里一片冰凉："天哪，难道说我唯一的特长也是毫无用处的吗？没有特长，万尔福就不会喜欢我。万尔福不喜欢我，就不会娶我做新娘。我不做新娘，就得做一个老姑娘。我不喜欢做老姑娘，哇哇哇……”

花朵放声痛哭起来。

“三天之内，如果小鸟再不来，我就绝食！”

花朵在院子里大声发誓。

从一旁经过的万尔福偷偷地笑了，“花朵绝食，那是白天出月亮，夜晚出太阳，不可能！”

三天过去，花朵真的开始绝食了，因为果然没有一只小鸟来她的鸟窝里居住。

花朵在她的面前摆了很多好吃的，可是她一口也不尝。一会儿尝一口，一会儿尝一口，那不叫绝食。

万尔福悄悄地观察花朵，没想到花朵真的绝食了。

绝食第一天，花朵晕头晕脑。绝食第二天，花朵要晕倒。绝食第三天……

“不行不行，我得救救花朵。”万尔福坐不住了。

万尔福飞快地回去折了一只纸鸟，准备悄悄地放在花朵的头发里。可是，没等他跑到花朵身边，花朵已经晕倒了。

万尔福大声喊叫她不醒，万尔福用冷水浇她也不醒，万尔福用力摇晃她也不醒，万尔福急出一身大汗。忽然，他有

了主意，学了一声鸟叫。

“啾啾——”

花朵立刻醒来，她大叫：“啊，有鸟来居住了，我可以吃饭了！”

花朵趴在前面摆满美食的桌子上，龙卷风般把一大堆食物一扫而光。

花朵美美地抹抹嘴说：“怎么样，万尔福，我是有特长的吧，我的长头发可以当鸟窝，这个你能做到吗？”

“我……我做不到。你吃得怎么样，胃里没有感到不舒服吧？”万尔福一副忧愁的模样。

“我吃得很痛快，从来没有这样痛快过。哈哈，多么美好的生活啊！万尔福，你愿意娶我这个有特长的姑娘做你的新娘吗？在你答应我之前，我要把我头发里的那只小鸟作为定情的礼物送给你。”

“这个，就不用了……”万尔福变得吞吞吐吐起来。

花朵的手往头发鸟窝里摸去。可是，她摸来摸去什么也没摸到。

“鸟儿呢，我的定情鸟儿呢？”花朵惊慌地大叫。

万尔福老实地回答：“那是一只纸鸟，是我折的，我怕你会饿死。”

“噢，万尔福，你对我真好。那只纸鸟在哪里，你把它送给我当定情礼物好吗？”

“可是，那只纸鸟已经被你跟那些食物一起吃到了肚子里。”万尔福抱歉地说。

“啊，天哪！”

花朵两眼一黑，又晕了过去。

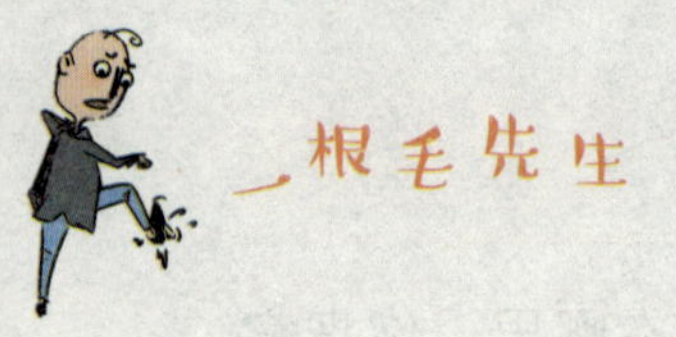

泪洗万尔福

这是一个晴朗的星期天，万尔福梳洗打扮，要把这一天过得快乐一点。

有人敲门。

“但愿不是长腿表哥，也不是花朵。”万尔福闭上眼睛许愿。

门开了，响起花朵响彻云霄的笑声。

“万尔福，你看我给你带什么来了，两张早场电影票！”

花朵“叭叭叭”地在两张电影票上亲着。

万尔福看见电影票差点晕倒。万尔福说：“我今天不想看电影，我只想呆在家里听听音乐。”

“噢，万尔福，你一点也不浪漫。不过，好吧，我陪你在家里度过这个星期天。这两张电影票，就当废纸扔了吧。”

花朵把电影票朝空中扔去。

“慢！”万尔福飞身接住两张电影票，“我看我们还是去看早场电影好了。”

花朵一听，激动得一把抱住万尔福，把他举起来，由于举得太高，万尔福的头碰到吊灯上，吊灯“稀里哗啦”把万尔福砸倒在地。

在电影院门口，花朵买了一大包葵花子、一大包话梅、一大包甜点，让万尔福抱着，万尔福觉得这不是看电影，是购物回家。

两个座位，花朵占去了一个半，万尔福只坐了小半个，还要抱着一大堆零食。电影还未开演，花朵“咯咯喳喳”吃葵花子，万尔福惊奇地发现，花朵的嘴像一个嗑葵花子的机器。葵花子皮雪片一样落在万尔福的脚下，不一会儿葵花子皮就把万尔福的腿埋住了。接着花朵又吃起话梅来，一个个话梅核像冰雹一样砸在万尔福的脚面，幸好有一大堆葵花子皮保护着，万尔福的脚才没被“冰雹”砸伤。等花朵吃完所有的甜点，电影才开始。

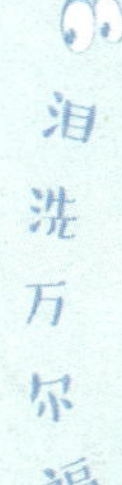

“这是一个感人的爱情故事，多好的开头哇，一开始我就被深深地吸引了，噢……”花朵“叽叽喳喳”说个不停。

万尔福无法听清电影里的主人公在说什么，当万尔福刚

听清主人公的声音时，却听见一阵抽泣声，接着他的裤子被打湿了。“这么好的电影院，怎么会漏雨呢？”万尔福仰头朝上张望。

“噢，万尔福，你真是个粗心的男朋友，我已经哭了五分钟了。”

说着，花朵扯过万尔福的领带擦鼻涕和眼泪。

“你为什么哭？”万尔福不明白地问。

这一问问到了花朵的伤心处，花朵只说了一句：“男主人公要和女主人公分手了……”便“哇哇哇”地放声痛哭起来，泪水四溅。

花朵的泪水打湿了万尔福的鞋子，打湿了万尔福的裤子，打湿了万尔福的上衣，甚至打湿了万尔福的头和他头上那唯一的一根头发。

电影结束后，万尔福和花朵走出了电影院，所有的人都向万尔福投来好奇的目光，万尔福浑身上下水淋淋的，像只落汤鸡，每走一步身后就留下两个——鸡爪印？当然不是，是两个湿漉漉的皮鞋印。在别人的笑声中，万尔福也仰天笑起来：“哦，我终于发现了花朵最可爱的地方，那就是她是一个心肠软的姑娘。她有很多泪水，也许哪一天我家失火，不用灭火器，花朵用眼泪就能把大火浇灭。哈哈哈！”

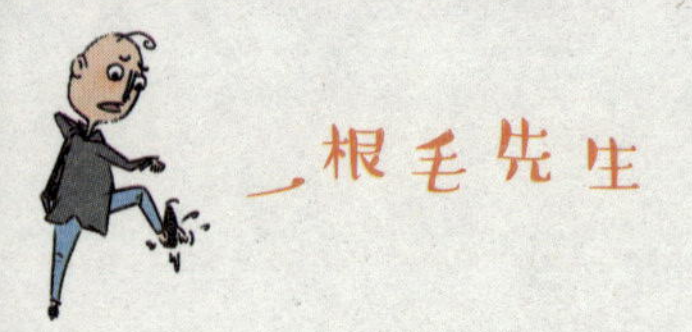

头发上的约会

花朵总爱戴着一顶大帽子，罩住她又长又多又乱的头发，因为她怕万尔福看见她那又长又多的头发，触景生情，为自己那仅有的一根头发伤心。所以，头发多的花朵总戴着帽子，只有一根头发的万尔福却成天光着头。花朵的头发长是众所周知的，到底有多长，下面发生的故事会告诉你。

又是一个星期天的早晨，花朵又拿来了两张早场电影票。花朵喜欢看早场电影，这样，万尔福就能一整天都陪着她。

“真的不行，今天长腿表哥要来跟我聊天。”万尔福推脱说。

“这是一部凄惨的爱情片，是我最喜欢的片子，你一定要陪我看。”花朵说。

一听说是凄惨的爱情片，万尔福就头痛，上次他可领教够了花朵的眼泪，于是连连摇头。

“我知道你会摇头的，你是怕我的眼泪对不对？这一次，我订的是情侣电影院的包厢票，又大又软的包厢，会吸干我所有的眼泪。你就放心吧！”花朵用甜得像水蜜桃一样的声音说。

“情侣电影院，我还不知道在哪里呢。一定很浪漫吧！”

“那当然，快走吧！”

花朵拉起万尔福的手，把它搭在她粗壮的胳膊上。

“等等，长腿表哥马上就来了，你再等我十分钟好吗？我把他打发走，就跟你一块看电影。”

花朵扔掉万尔福的手，气哼哼地说：“我才不愿见到那个粗鲁的家伙。我在电影院等你。”

花朵转身走了两步又折回来说：“我把我的头发解开，发梢放在树下，你顺着我的头发走，不用向任何人打听，就能找到情侣电影院，找到我坐的包厢。我在那里等着你哟！”

说完，花朵像只甜蜜的大糖球一样滚向远方，她的头发也越拉越长，越拉越远。

看着花朵远去的背影，万尔福捂着嘴偷偷地笑了：啊，总算淋不着花朵的泪雨了！

花朵在电影院里等啊等，连万尔福的影子也没等到。她想去寻找万尔福，然而，她已哭得站不稳，哭倒在包厢里，

呜呜咽咽像一只受委屈的大猫。等她从电影院里出来，她已哭得东倒西歪，浑身都被泪水泡透了。周围投来无数目光，花朵羞得只好用头发盖住脸。她恨起万尔福来，如果万尔福在，他会劝她不要哭得那样凶，少流一点眼泪。现在好了，刚进电影院的时候，她是水灵灵的姑娘，出来的时候，她成了水淋淋的姑娘。花朵越想越气，越走越快，像一只大气球，直朝万尔福的家门口飘来。

待花朵来到万尔福的家门口一看，吃惊得张大嘴巴：原来，万尔福把她的头发拴在两棵树上，他躺在头发做成的吊床上，一边听着音乐，一边看保护头发的书。花朵一下就被感动了："没想到我的头发还能给万尔福带来这么美妙的享受，我真满足，我真激动，我真幸福，我……"

花朵又一次泪如雨下。

头发梢炸弹

万尔福走在一条白色的路上，四周吹着风，把白色的路吹得晃晃悠悠的。这条路从来没有走过，是哪里呀？万尔福边走边朝四周张望。这时，他听见一阵鸟儿的歌声："找呀找呀找虫子，找到一条小虫子，你也吃我也吃……"

万尔福想：这鸟儿真可笑，这地方哪里会有什么虫子，一定是饿极了。正这么想着，一阵风吹来，万尔福头上那唯一的一根头发被高高地吹起来，在空中乱飘乱舞。他听见两只鸟儿惊叫道："虫子！虫子！"万尔福还没明白过来，两只鸟儿就飞到他头上，同时捉住他的头发，一个喊："我先发现的！"另一个叫："我先发现的！"两只小鸟互不相让，又争又夺。万尔福急得大叫："哎，看清楚了，那是我的头发，可不是什么虫子，放嘴！"两只小鸟像没听见一样，争夺得越来越激烈，扯得万尔福的头皮火辣辣地痛。万尔福不顾一

切地大叫一声："我的头发要掉啦！"

这一叫，万尔福从睡梦中醒了过来。万尔福一跃从床上坐起来，他摸摸额头，全是汗珠。原来是太阳晒到了床上，把他的头皮晒得生疼。"啊，幸亏是个梦！"万尔福从口袋里拿出小圆镜看他的头，不，看他那唯一的一根头发。太好啦，那根头发好好的还在。咦，发梢怎么啦？啊，有点黄，不仅仅是黄，它分叉啦！

万尔福飞身下床，只来得及穿上睡衣和拖鞋就朝医院跑去。

到了医院，可怜的万尔福又累又紧张，他结结巴巴说不出话来。他的汗滴滴答答像在下雷阵雨。

"说，你怎么啦？"医生问。

万尔福语无伦次、颠三倒四、哆哆嗦嗦半天也没表达清楚。

医生说："你不要说那么多废话，把你生病的地方指给我看。"

万尔福小心翼翼地把那根头发的发梢捧给医生看。

医生只看了一眼，拉开抽屉拿出一把剪刀，只是轻轻一碰，那分叉的发梢便掉了下来。

万尔福吃惊得瞪大眼睛，张大嘴巴，看着他的分叉的发梢缓缓地、缓缓地落在他的大脚趾上，万尔福感觉就像一枚重磅炸弹落下去，在他的脚上发出“轰隆”一声巨响。万尔福抱着脚发出一声惊天动地的惨叫，撞破窗户玻璃，箭一样射向远方。

医生瞪着变成黑点的万尔福，莫名其妙地说：“一点分叉的头发梢会把他的脚砸得痛成这样？这真是一个奇怪的病人。”

医生哪里会知道，痛的不是万尔福的脚，而是为他的头发梢痛的心！

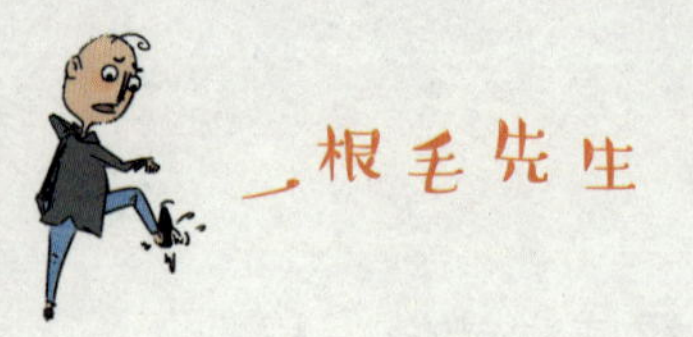

笑对一天

万尔福做了一夜的噩梦，早晨起来还在为梦中的事生气。唉，这几天心情总是不好，心情不好，一定会影响头发的生长，会使头发发黄发焦发脆甚至……后果不堪设想。万尔福打起精神对自己说：“为了我那唯一的一根头发，我要笑对今天，不管发生了什么事，都要一笑了之。我一定做到！”

万尔福在看今天的报纸，忽然发现一条有关全新护发用品的广告，他扔下报纸朝门外走去，得赶紧去买一瓶回来。

走在热闹的大街上，万尔福吹起口哨，正当他吹到高潮的时候，右脚“扑通”掉进一个水坑里，他锃亮的皮鞋里灌满了泥浆。天哪，这么一个讨厌的泥水坑，怎么连个标志也没有哇？万尔福正想生气，低头一看，泥水坑前有一个小纸条，纸条上有几个蚂蚁大小的字：当心水坑！“这么小的几个字，你要是不掉进水坑里，你永远也不会看见。哈哈哈，

真会开玩笑！”万尔福笑着一脚湿一脚干地往前走去。

经过一座高楼旁，在三楼摆满花盆的阳台上传来一阵美妙的音乐，万尔福抬起头，不由自主地称赞道：“听这种音乐真是一种享受哇！”正当万尔福张大嘴巴说“哇”的时候，一盆水从天而降，把万尔福的嘴巴灌满后，又浇透了他的全身。没等万尔福说话，就听一位老奶奶责怪道：“小冬子，我那一盆肥水是用来浇花的，你怎么把它浇到叔叔的头上了？”叫小冬子的男孩对正站在下面发愣的万尔福说：“叔叔快跑，奶奶抓住你会让你赔肥水的！”万尔福一听，拔腿

就跑。

万尔福一口气跑到另一条街上，在一家卖镜子的商店门口的大镜子里仔细地看着自己：被儿童浇了一盆浇花的肥水，自己不会变成一盆花了吧！幸好没有，万尔福还是万尔福，就是身上多了一盆肥水。哈哈哈，刚才的经历有点像奇遇！万尔福忍不住又笑了。

万尔福来到商店门口，却被门口的迎宾小姐拦住了。迎宾小姐说："先生，为了你的健康，请你换了干衣服再来吧，不然，你会在我们商场冻坏的。"说完，还对万尔福甜蜜蜜地一笑，万尔福像一只喝足了蜜的蜜蜂，拍着湿淋淋的翅膀往家的方向飞去。

刚飞到半路，天下起瓢泼大雨，万尔福回到家，整个人都能拧出水来。他冷得直打颤，急忙打开热水器准备洗澡，万万没想到，今天停水。万尔福看着"嗞嗞"作响的水龙头，一边打颤一边笑："哈哈，得得，哈哈，得得，哈哈哈，得得得……"

万尔福真的做到了笑对一天，不是吗？

痛打劝架者

“啊，享受阳光是一件再美妙不过的事了！”万尔福说。

万尔福正坐在长腿表哥的院子里享受阳光。

长腿表哥也正坐在院子里，旁边是他的老婆黄脸婆。黄脸婆的原名不叫黄脸婆，可是长腿表哥天天叫她黄脸婆，她只好叫黄脸婆了。长腿表哥告诉万尔福这是他老婆的昵称。

长腿表哥接着万尔福的话说：“如果身边再有一个可爱的小宝贝，那就更美妙了。喂，黄脸婆，你什么时候能给我生个小宝贝？”

“这个……”黄脸婆吞吞吐吐起来。

“提起来我就生气，我的个子这么高，却没有小宝贝！黄脸婆，你不给我生小宝贝，就得给我找两个双胞胎的外甥女喊我舅舅，就像红豆豆和绿豆豆那样。”长腿表哥恼火地竖起两条眉毛。

“可是，红豆豆和绿豆豆是万尔福的姐姐给他生的呀。”黄脸婆像只可怜的小猫一样缩成一团。

“你说什么，我讨厌你跟我顶嘴。我要给你一点颜色看看！”

长腿表哥说着一伸长腿，把黄脸婆用脚尖顶到半空中，像杂技演员蹬罐子一样，把黄脸婆蹬得在空中团团转。黄脸婆吓得大声尖叫：“救命啊救命！”

长腿表哥越蹬越得意，不时地变换着花样，黄脸婆叫得越惨，他笑得越开心。

万尔福在一旁气得牙齿咬得“咯咯”响，他大叫一声，从板凳上一跃而起：“黄脸婆，别害怕，我来救你！”

万尔福左看右看，看见院子里有一个水桶，拿来便一下扣在长腿表哥的头上，“咚咚咚”地在桶底用力擂了起来，一边擂一边大叫：“欺负女人不是好汉！欺负女人不是好汉！”

长腿表哥被震得头发懵，眼发黑，两脚一软，黄脸婆从空中掉下来，由于惯性，她在地上还在不停地翻跟头。

长腿表哥被万尔福敲得晕头转向，戴着铁桶上下跳，仿佛脚下安了弹簧。

“你要记住今天这个深刻的教训，懂吗？”万尔福边敲边问。

“救——命！救——”

长腿表哥还没喊第二声，正在地上翻跟头的黄脸婆“呼”地站起来，一步跨到万尔福身边，“哗”地扯下万尔福手里敲打铁桶的棍子，用食指轻轻一摁，木棍便陷进硬梆梆的地里。她一回手，老鹰抓小鸡一样把万尔福高高抓起，又重重地扔到地上，然后愤怒地踏上一只脚。

万尔福艰难地从黄脸婆的脚下抬起头看着黄脸婆，他怎么也不明白，刚才可怜巴巴的小猫怎么转眼之间变成了凶猛

的大老虎。

长腿表哥终于摔倒在地，铁桶从他头上滚下来。他指着黄脸婆脚下的万尔福说：“等我站起来，就要把你打倒在地。”

黄脸婆欢喜地叫道：“杀鸡焉用宰牛刀，我已经把他打翻在地了！”

“太好啦，黄脸婆，你替我报仇啦！”长腿表哥快活地哈哈大笑。

“噢，我真不该多管闲事。”万尔福痛苦地闭上眼睛。

免费的公园

万尔福的星期天当然是属于花朵的，因为花朵是万尔福的女朋友。

时钟刚刚敲过七下，花朵那快乐得像高音喇叭一样的声音便在万尔福的门前响起：“万尔福，你一定在家等着我对不对？”花朵重重地敲起门来。

“我的老天，花朵又来叫我去看早场电影了，真叫人受不了！”万尔福捂住耳朵。

“哐哐哐，万尔福，这一次我不带你去看早场电影，我想带你去公园。你听见了吗？哐哐哐！”花朵兴奋地擂着门。

万尔福慌得一只脚穿皮鞋，一只脚穿拖鞋出来开门。“花朵，你的声音足够整个地球的人听到的。”

花朵装出一副害羞的样子说：“对不起，临走时我妈妈已经告诉我，当一个恋人要学会说悄悄话，我总是一高兴嗓

门就大起来。来，我对你说——”

花朵一把扯过万尔福的耳朵，趴在他的耳边说：“我带你去一个不需要花钱买门票的公园，我知道有一个秘密进口。”

“不买票进公园，这样做……”万尔福犹豫着。

花朵不由分说，拉着万尔福直奔公园。

花朵拉着万尔福绕过公园大门，穿过一条水沟，爬上一个高埂，下了一个陡坎，进了一个长满荆棘的小树林，才看见一条通往公园的小路，那小路细得像线一样，眼神不好，休想看得见。

“天哪，我们终于可以不买票就能进到公园，真是刺激呀。这还是第一次呢，我的心在咚咚咚地跳。万尔福，你呢？”花朵回头一看万尔福，不禁吓了一跳。

只见万尔福裤子湿了半截，上衣全是土，脸上一块青，狼狈极了。

“你这是怎么啦？”花朵莫名其妙地问，“你的湿裤子是……”

“水沟太宽，没迈过去。”

“上衣上的泥是……”

“爬高埂爬的。”

“那脸上的青呢？”

“坎太陡一头栽下去栽的。”

“哈哈哈，你是我见过的最笨的逃票者。向我学着点，你准不会再吃亏。”

花朵说完兴高采烈地往前走去。万尔福小心翼翼地跟在后面。

可是过了小树林，花朵的头发却被树枝挂乱了，她成了一个林妖，胆小的人见了，一准吓晕。由于每走一步就踩着头发，花朵只好把长长的头发在腰上缠了一圈又一圈，看上去，她真是古怪极了。

眼看就要进入公园了，前面又被一道高高的栏杆拦住。栏杆上方是一个个尖尖的长矛，在太阳下闪闪发光。万尔福往下一蹲说：“我可没本事翻过去了。”

花朵连一下犹豫都没有，一个箭步跨上万尔福的肩膀，叫了一声：“站起来！”万尔福不由自主地站起来，他还没弄明白是怎么回事，花朵已经飞身过了高高的栏杆。

“万尔福，你快过来，我站的地方就是公园了，你还傻愣着干什么？”花朵大声喊叫。

“我怎么过去呀？”万尔福急得直搓手。

“当然是爬过来。”花朵说。

无可奈何，万尔福只好硬着头皮往栏杆上爬。花朵在对面为万尔福鼓掌加油。万尔福使出吃奶的力气才翻到栏杆顶，正想下来，没想到长矛尖挂住了他的裤子，使他动弹不得。“花朵，我被挂住了，怎么办？”万尔福悬在那里，急出一脑门子汗。

“跳下来。”花朵说。

“我不敢。”万尔福搂着栏杆直摇头。

“呀，不好，有人来了，快往下跳！”花朵焦急地大叫。

万尔福一听，半秒钟也不敢停留，纵身跳下来。只听“刺啦”一声响，万尔福的裤子从屁股后面撕开了一个大口子。万尔福以迅雷不及掩耳之势用手捂上了那条口子。

“哈哈哈，我刚才是哄你的，你当真了。结果，哈哈哈——”花朵笑得前仰后合。

“嘿嘿嘿，多亏你的好主意我才能下来，不然，我就得一辈子留在栏杆上了。”万尔福一边捂着裤子，一边跟花朵往前走。

花朵和万尔福的怪模怪样引来许多人的注目，有些好奇心强的人不看风景，专门跟在他们身后看稀罕。

万尔福总担心公园看门人来找他们查票，根本没有看风景的心思，眼睛只顾得上看有没有人来抓他。他提心吊胆地东边偷偷看一眼，西边偷偷看一眼。花朵悄悄对万尔福说："今天我才发现你长了一双贼眼。"

万尔福看看花朵，也悄悄地说："你长的也是一双贼眼。"

万尔福和花朵小声说了一会儿话，决定离开公园。

万尔福说："我一刻也待不下去了，再待一刻，我就要得心脏病。"

"真是胆小鬼，得得得得……"花朵在哆嗦。

终于，花朵和万尔福溜出了公园。万尔福拔腿就要跑，花朵一把扯住他说："你看！"

万尔福回头一看，公园的大门上赫然写着：今天公园免票。万尔福眼前一黑就要倒下去，花朵眼疾手快，用长发做成一张网，把万尔福网在里面，往背上一扔，说："万尔福，你放心地晕过去吧，我免票背你。哈哈哈！"

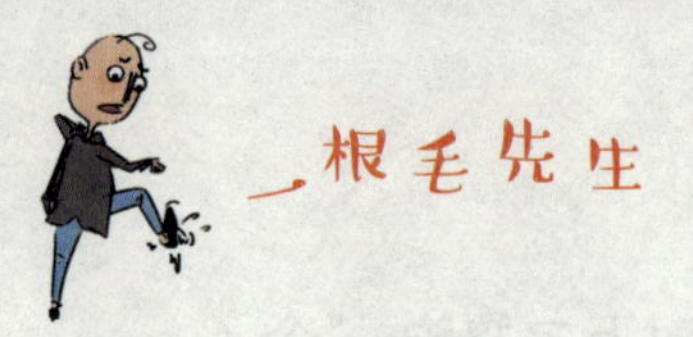

理想伴侣

丁零零零……

一听电话铃声，万尔福就知道是姐姐打来的，姐姐打来的电话铃声又大又急促。所以，万尔福一拿起电话，还没听见声音，就问：“姐姐，你有什么吩咐？”

“喂，万尔福，你什么时候结婚？告诉你，像你这样的光棍，我身边有很多，他们天天两眼发绿到处找女朋友，小心你的花朵被他们抢去。花朵虽然不是天下第一美人，但她有一个美丽无比的名字，这是别的姑娘没有的……”

姐姐又要长篇大论了，万尔福打断她的话说：“好好好，我马上考虑我和花朵结婚的事，你放心吧，姐姐，再见！”

万尔福放下电话就去找花朵，他边走边自言自语：“对于花朵这么丑的姑娘，我没有过高的要求，只要她喜欢我仅剩的这根头发就行。”

离花朵的家还有很远，万尔福就喊：“花朵，你在哪里？”

“我在这——里！”花朵仿佛从天而降，重重地落在万尔福的身边。

万尔福愣愣地看着花朵：“你有时候很像仙女，你刚才在哪里？”

“我刚才在楼顶上看风景，一听到你的声音，我马上下来了，我是不是下得有点快？”

“你是我见过走路最快的姑娘。”万尔福说。

“是吗？哈哈哈，太好啦！你是来跟我约会的吗？我喜欢约会。”花朵激动得脸通红。

“哦，我差点忘了，我是想问问你，你喜欢我仅剩的这根头发吗？”万尔福紧张地盯着花朵。

花朵连想也没想，回答道：“我喜欢，我不光喜欢你仅剩的这根头发，你没有头发的地方我也喜欢。也就是说，我喜欢你万尔福整个人。嘻嘻嘻，说这话真让人害羞。”

“你为什么喜欢我仅剩的这根头发？”万尔福只关心他的头发为什么受欢迎。

“因为它盘在你的头上像一条美丽的小黑蛇，如果在野外它可以供我荡秋千，它还可以当我晒被子的绳子，它还可

以当我的跳绳，在千千万万个人头中，使我一下就能认出哪个是你的头，你的这根头发将来还可以给孩子当玩具，还可以拴住我的芳心，不让我逃走。啊，你的这根头发好处太多了，我数都数不过来。”花朵崇拜地望着万尔福的头发。

万尔福听得美滋滋的，闭着眼睛摇头晃脑，他陶醉了。“我的头发有这么多的好处，那为什么我还要爱花朵这样丑的姑娘呢！”

花朵见万尔福那么爱听这根头发的好处，兴奋地接着往下讲：“噢，万尔福，如果你不是只长着一根头发，我还不喜欢你呢。如果你不喜欢我，要对别的姑娘好，我就会抓住你那根头发，把你扔到天上去，再拽下来，在地上这样一摔，咚！那样一摔，咚！再像拍皮球一样，咚咚咚！再像扔链球一样，转圈转圈，扔——”

万尔福听得心惊胆战，浑身发抖，他觉得自己一会儿被扔上天，一会儿又被扯下地；一会儿变成了皮球，一会儿变成了链球……实在受不了，他飞也似的逃走了。

花朵转了一圈找不到万尔福，她昏头昏脑地想：“咦，难道我把万尔福当链球给扔了！天哪，万尔福——”

花朵大叫着，朝万尔福逃跑的另一个方向追去。

七彩头发

万尔福时常在理发店门口徘徊，他非常羡慕那些从理发店进进出出的人们。“啊，理发该是一种什么滋味呢？真想尝试一下呀！”不过这仅仅是万尔福的想法，每次在理发店门口徘徊时，他都要戴着帽子，遮住他那唯一的一根头发。有时候他也装出一副要理发的样子，让店员热情地招呼他半天，他却看看店牌说：“我要去一个更大的理发店。”好像他长了满脑袋头发似的。有时候他也戴着帽子进店看看，然后大踏步地从理发店里出来，仿佛刚刚理过发，一副心满意足的样子。嘿嘿，万尔福就是这个样子。

今天，万尔福又想念理发店了，正好离他家的不远处，今天一家新的中档理发店开业了，万尔福一定要去看看。他戴上帽子，缓步来到理发店门口。

理发店门口站着一个见谁都笑的店员，他的整个头都理得光光的，只在前额留了一呇头发，染成火红色，就像他的前额在不停地燃烧。

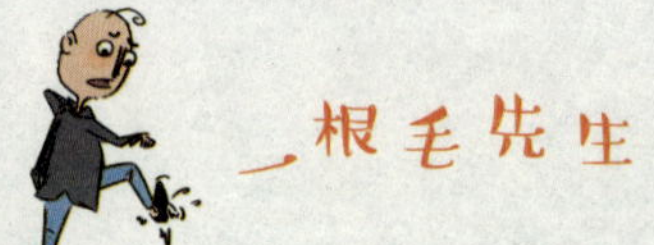

万尔福刚在店前站住脚，那个店员就一个箭步跨到万尔福身边，一把抓住万尔福的胳膊，边往店里拉边说："欢迎欢迎，你是我们的第一位顾客，你真是一位幸运的先生。"

万尔福还在发愣，就被店员摁坐在软乎乎的理发凳上。店员顺手抄起亮闪闪的大剪刀，在空中"咔嚓咔嚓"剪了几下，万尔福吓得赶紧捂住帽子。

"先生，你的头发要剪一剪吗？"店员问。

万尔福使劲摇头。

"吹一吹？"

万尔福摇头。

"烫一烫？"

万尔福摇头。

"那，就剃一剃？"

万尔福头摇得更加厉害。

店员急了："先生，我忘了告诉你，第一位顾客是幸运顾客，是免费服务的。一分钱也不收你的，怎么样？"

万尔福还是苦笑着摇头。

店员无可奈何地望着万尔福，可怜巴巴地说："先生，第一个进我们店的顾客一定要被我们服务，不然，对我们开业不利呀。我求你了！"

万尔福依旧摇头。

“要不，我再给你五块钱，怎么样，这下该让我为你服务了吧？”

“什么？”万尔福以为自己听错了，哪有这样开理发店的呀。

“好啦，先生，你终于不再固执了，我马上为你服务，包你满意。”店员高兴得一把取下万尔福的帽子，他一下愣在了那里。“你……你……你真的就长了一根头发，我不是看花眼了吧！”

“我没有长第二根头发。不好意思。”万尔福惭愧地看着费了半天口舌，却只看到一根头发的店员。

店员装着什么也没看见，又轻轻地将万尔福的帽子戴在头上。

万尔福见店员既没有吃惊也没大叫，倒不知道该说什么好了，为难地看着店员。

店员仰头看着天花板问："请问先生要理一个什么发式？"问完还故作轻松地吹了一声口哨。

“你看呢？”万尔福故意逗店员。

“我看，”店员又变得喜悦起来，“我看先生还是把头发染一染才精神。我店里有上等的染发膏，颜色有：土黄、

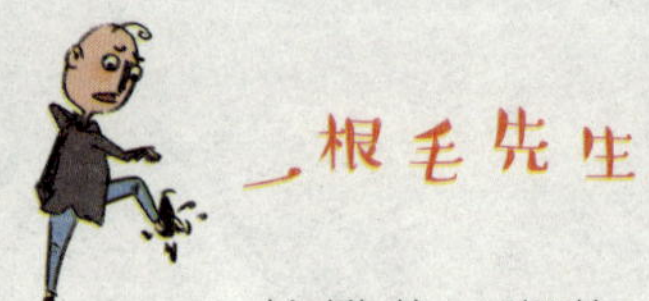

柠檬黄、湖蓝、翠绿、淡绿、朱红、深红、煤黑、紫罗兰等，先生，你喜欢哪种颜色？”

“染头发，我从来还没有尝试过呢。”万尔福犹豫着说。

“一个人一辈子不理发、不染发，那就白活了，特别是来我们店不理发不染发，那就是对自己的头发犯罪。先生，快挑选一种你喜欢的颜色吧。”

店员口若悬河，说得万尔福心动了。

“你刚才介绍的那几种颜色听上去都挺美的……”

万尔福还没说完，店员就打断了他的话：“我知道了，你等着吧，我会让你满意的！”

店员动作麻利地在万尔福的前面摆出一大堆颜色，在仅有的头发上摆弄起来。

万尔福闭着眼睛等待着那个美妙的结果。

大约过了……万尔福也不知道过了多久，因为他等来等去都还没染好，就睡着了。他只听那店员说：“睁开眼睛吧，先生，看看你的头发！”

万尔福先看见店员那一副陶醉的模样，然后，他看见了自己的头发。哇，一根七彩的头发，像一道彩虹，在闪动着耀眼的光芒。

“多么完美，多么无懈可击，多么……”店员为自己的

成功流下了热泪，要知道，他还是第一次只为一根头发服务呢，如果一个不小心，那根头发就会从万尔福的脑袋上掉下来，那可不是闹着玩的。因此，他怎么能不热泪盈眶呢！

万尔福觉得整个人都变成了一道彩虹，他拎着帽子走出理发店，脚下软软的，像走在云彩上。一阵风吹过来，吹起万尔福的彩虹头发，半个天空都被映照得五光十色。大街上站满看稀罕的人们，惊叹声此起彼伏。万尔福走着，像走在梦里，他不光头发变了，整个人也变了，变成了一个神仙。

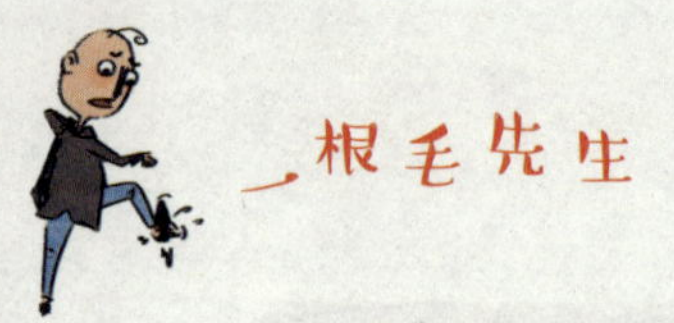

饭前吃药

万尔福生病了，他觉得自己在发烧。可万尔福最讨厌的就是去医院看病，那意味着排队挂号和没完没了的化验。对，化验，哪怕你的头发梢黄了，也要进行十次八次化验。没病也会被那些机器吓病，小病会吓出大病。因此，万尔福告诉自己：万病不求医。他在家里准备了一个医药箱，里面装满了各种各样的药。

今天，万尔福一摸头，觉得有点发热，马上去翻他的医药箱，翻出一支体温计。他先在床上躺好，病人就得像个病人样。然后给头下放一个舒适的枕头，再把体温计含在舌头下面。小钟表就在眼前，三分钟过后就可以知道自己的体温有多少度了。他像一个真正的医生一样给自己看起病来。

万尔福的眼睛在钟表上盯着，耳朵里听着钟表“嚓嚓嚓”走动的声音，仿佛在吹着单调的催眠曲，不一会儿，就把又是病人又是医生的万尔福吹睡着了。

等万尔福醒来，明白自己是个正在量体温的病人后，急忙去找体温计，可哪儿有体温计的影子？只有枕边留下的一片圆圆的湿湿的印迹。万尔福恍然大悟：体温计被烧化了！难道说刚才自己是被烧昏过去了吗？肯定是这么回事。

万尔福跌跌撞撞地去找医药箱，他觉得自己走路是跌跌撞撞的，甚至有点软绵绵轻飘飘的。当然了，一个把体温计都烧化了的病人走路能正常吗？万尔福在医药箱里找出一大瓶药，又扶着墙给自己倒了一大杯水。他一抬头看见了镜子里的自己，他端详着自己那张脸，无限怜惜地说：“万尔福，你瘦得厉害，你瘦得可怜，你……你简直就剩一把骨头了。”这时，他的肚子“咕噜噜”一阵响，“人是铁，饭是刚，一顿不吃饿得慌。三顿饭一顿不少，大病化小，小病化了。”

万尔福打起精神做了一大锅好吃的，吃了一碗又一碗，当他去盛第三碗的时候，不禁问自己：“我怎么比不病的时候吃得还多，难道我得的是贪吃症？”吓得万尔福急忙放下饭碗。

“嗝儿”，万尔福边打饱嗝边拿起药瓶，看瓶上的说明，只见上面写着：饭前服用。他把药喝下去后，总觉得不太对头，现在不成了饭后服用了吗？不成，得严格按照说明做才对。于是，万尔福又吃了两碗饭。啊，这下好了，终于达到了饭前吃药的目的。

然而，万尔福却因为吃得太多站不起来了。不一会儿，他的胃也胀得痛起来。他只得又来求助医药箱，可当他把药瓶拿在手里时，为难地皱起眉头：不论是饭前吃还是饭后吃，我可是一口饭也吃不下去了呀！

温柔的小猫

路边的野蔷薇正在盛开，空气中弥漫着阵阵迷人的香气。万尔福和花朵就在这花香中散步。花朵高大，万尔福矮小；花朵的头发像一堆乌云，万尔福的头发却是万里无云，不，应该说是万里一丝云。

花朵说："万尔福，你看别人都在看我们，他们多羡慕我们呀。你不觉得身边有我这美女陪伴很幸福很浪漫吗？嗯？"

"你不要太敏感了吧，花朵，我一点这个感觉也没有哇！"万尔福迈着大步往前走。

"万尔福，你对我的感觉太迟钝了，我受不了啦！"花朵气得鼻尖发红。

"嘘，听，什么声音？"万尔福捂住花朵大喊大叫的嘴。

旁边隐隐约约地传来一阵细小的像是"依依"，又像是"咪咪"的叫声。

花朵愤怒地说："我敢说一定是一个娇弱的小姐在哭泣。哼，你心疼了吗，万尔福，你怎么敢心疼？"

“当然不敢心疼，我只是好奇，我敢保证，所有的男人都像我一样好奇。”

万尔福边说边循着声音找过去。万尔福的回答花朵还算满意，她笑眯眯地跟万尔福一起去寻找那个声音。

“啊，原来是你！”

忽然，万尔福停住了脚步，叫了一声。花朵看过去，呀，在蔷薇花丛里，有一只雪白的小猫在轻轻地哭泣。

“哈哈，太好啦，万尔福，是一只小猫，你一定失望了吧？哈哈哈！”花朵开心地笑道。

万尔福在花朵的笑声中抱起小猫，小心地把它捧在手心里。

“噢，瞧，花朵，它多像天上刚掉下来的一朵白云。不不不，它比白云更洁白，像冬天里第一场雪那么白。”万尔福惊叹道。

“我看就是一只被人抛弃的白色的小猫，它不是一团雪，也不是一朵白云。”花朵冷冷地说。

“什么，你是说它被别人抛弃了？谁会这般狠心？我若知道他是谁，一定把他狠狠地臭骂一顿，再把他揍个落花流水！”

万尔福很凶地往空中一挥拳头，没想到正碰在探头过来张望小猫的花朵的鼻子上。“哇！”花朵痛得在原地转了好几个圈。

“对不起对不起，我只是想揍那个丢弃小猫的人，你凑这么近干什么？”万尔福一边疼爱地用脸在小猫的皮毛上摩挲，一边伸出手来帮花朵揉鼻子。由于看不见，他的手揉在了花朵的耳朵上。花朵气极了，伸手扯过一枝蔷薇花，把蔷薇花的刺伸到万尔福的手边。

万尔福猛然摸到尖尖的刺，奇怪地问：“花朵，你的鼻子什么时候变得这样尖？嘿嘿，就像一根刺。”

“你说什么，你再摸摸！”花朵使劲把刺朝万尔福的手指上摁去。

“噢——”万尔福痛得大叫一声。

“告诉你吧，本来就是一根刺，不是我的鼻子。可怜的万尔福，你一定被刺痛了吧？记住，以后跟我说话，要看着

我的脸，免得被蔷薇刺痛。”花朵装出一副温柔的样子。

“我明白了。”万尔福头也不回地说，“我的小猫永远不会刺痛我，它多么温柔，比棉花糖还要温柔一千倍。”

“怎么才能唤回万尔福对我的注意呢？”花朵在后面搓着手想。哦，有了，花朵有了一个办法。

“哎哟！我的脚扭了，好痛啊！”花朵惨叫起来。

万尔福蹲下身来说：“来，我给你揉揉。”

万尔福的两眼一直盯着小猫，把树根当成花朵的脚腕搓了两下问：“还痛吗？”

“已经好啦！”花朵忍着气说。

万尔福继续疼爱他的小猫。

“不行，我一定要把万尔福的注意力从小猫那儿夺回来！”花朵发誓。

万尔福正走着，又听见花朵尖声大叫道：“啊，虫子！”

“什么，虫子？这没什么可怕的。在哪里？”万尔福漫不经心地问。

“在我的头上。”

花朵故意把头探到万尔福的眼前，万尔福用指头使劲一弹，“咚”的一声，弹在花朵的头皮上，差点没把花朵弹晕过去。

“难道我真的连一只小猫的魅力也不如吗？”花朵几乎

绝望了，“唉，如果我站在这里不动，万尔福也不会发现我不在他身边了，这会儿他只爱小猫。”

花朵真的站在原地不动了，眼看着万尔福越走越远，她觉得自己也成了一只被人丢弃的小猫，被人丢弃的滋味可真不好受哇。

“呜——呜——”花朵忍不住哭泣起来。

“嗯，怎么又有一只小猫在哭泣？”

万尔福循着哭声找过去，他终于发现了被丢弃的花朵。

“你怎么啦，亲爱的花朵？”万尔福问。

“我被一个人丢弃了，这个狠心的人名叫万尔福。呜——”花朵哭道。

“真的岂有此理，等我找到万尔福，我一定狠狠地把他臭骂一顿，然后再把他打个落花流水。来，到我右边的手心里来，从此你和这小猫一样，都是我的心肝宝贝。”

万尔福说着，向花朵温柔地伸出右手。花朵像小猫一样往万尔福手心里一站，万尔福正想像亲小猫一样亲一下花朵，没想到花朵太重，他整个人被压得朝右边重重地倒去。而后，发出一声山摇地动的声音：“嗵！”

花朵拍拍手上的尘土，左手捧起万尔福，右手捧起小猫，乐哈哈地说：“宝贝们，还是我带你们去散步吧！啦啦啦——”

临终前的愿望

万尔福认为听着音乐、看着有关保护头发的书入睡，真是人生一大享受。此刻，万尔福就在享受人生。他一手拿书，一手托着下巴，是的，就在他手托下巴的时候，他的手指触到了一个东西，准确地说是一个疙瘩。

万尔福一跃而起，天哪，我下巴上长了什么？是……一个瘤子！万尔福的头一下懵了，他急忙翻看家庭医学书。看完结果，万尔福的眼前一黑，晕倒在床上。家庭医学书上说，他得了不治之症——恶性肿瘤。

当万尔福苏醒过来的时候，他应该马上去医院？不，万尔福从来就痛恨医院，他才不想临终前把仅有的一点钱送给医生呢。他仅有的一笔钱是用来跟花朵结婚的，这下可用不着跟花朵结婚了，让别人去为花朵的大喊大叫痛苦吧。他得用这笔钱买一些自己最爱吃的东西。说干就干。

万尔福带着所有的积蓄来到集市上。他先买了两头大肥猪，有了这两头大肥猪，万尔福就可以吃他喜欢吃的糖醋排骨、油炸排骨、炖排骨、红焖排骨了。他赶着两头猪，又买了十只羊。万尔福特别爱吃羊肉串，他几乎想一天三顿都吃羊肉串。一个还要活很久的人是不能一天三顿都吃羊肉串的，可现在自己成了一个快要死的病人，想吃什么就可以吃什么。万尔福赶着两头猪、十只羊继续往前走。不一会儿，万尔福又买了五十只鸡、三十只鸭、一百斤鱼、二百斤土豆。万尔福觉得自己爱吃的差不多全都买了回来。

万尔福寂静的院子里一下子热闹起来。猪哼哼哼，羊咩咩咩、鸡喔喔喔、鸭嘎嘎嘎，鱼在池子里拍水吐泡，土豆在院子里散发着泥土的气息。听着这吵吵闹闹的声音，万尔福不由得乐了，他差不多忘了自己是一个病人，一个得了不治之症的病人。只有一个得了不治之症的人才能这么快乐吧，嘿嘿嘿，万尔福看着院子里的这些动物，笑了。笑着笑着，万尔福又哭了，天哪，这么美好的世界，他却得了不治之症，多么不幸呀。呜呜呜，万尔福的笑脸转眼流满泪水。

正当万尔福在动物们的叫声中痛哭的时候，花朵哼着歌儿来了。

“万尔福！万尔福！”

花朵喇叭一样的嗓门一叫，整个院子里的动物都被惊呆了，它们屏声静气，没有一个敢出声的。因此，院子里只留下万尔福孤独凄凉的哭声。

“万尔福，你是在哭吗？我没听错吧？”

花朵过来摇晃着万尔福的肩膀，摇得万尔福头晕目眩。

“是的，花朵，我们要永别了，我得了不治之症。”万尔福把花朵的裙子哭湿了一片。

“万尔福，你又在耍什么花招，你是不想跟我结婚了对不对？”花朵花容失色。

“我的下巴上长了一个恶性肿瘤。哇呀呀，我不能活啦！永别了，花朵。我本来是想跟你结婚的呀，我还为结婚准备了一笔积蓄呀。呜呜呜！”万尔福越哭越痛。

“啊，万尔福，你真的为结婚准备了一笔积蓄吗？”花朵激动得有点发抖。

“是的，现在我把它全用来买院子里的那些动物和土豆了。反正我活不了两天了，要那些钱干什么？可怜的花朵，再也没有人跟你结婚了。”万尔福悲伤地说。

“你说你把和我结婚的积蓄买了院子里的那些东西？天哪，你疯了吗？你是不是在发烧？”花朵伸手去摸万尔福的额头，万尔福却抓过花朵的手把它摁在他下巴的疙瘩上。“嗯，万尔福，你是说这个疙瘩吗？哼，我也有。这很正常呀！”

“你说什么，花朵，你是说你也有疙瘩，有疙瘩很正常是吗？我没有得恶性肿瘤，我是一个正常人吗？”万尔福眨眨眼睛，有点像是在梦中。

“万尔福，你根本就没安好心，故意把我们结婚的钱花掉。我怎么结婚呀！”花朵边哭边转身离去，她伤透了心。

万尔福在后边喊：“花朵，别走，这些动物和土豆全是我向你求婚的礼物！”

说完，他打开大门，把猪、羊、鸡、鸭一齐朝花朵赶去。他吹了一声口哨，土豆排着队飞奔而去。他把池子里的鱼一倒，鱼跟着浪头欢快地往前游去。花朵回头一看这阵势，哇哇叫着撒腿就跑。

万尔福在后边笑得直不起腰来。

恐怖的呼噜

夜晚，万尔福正躺在床上看书，听见外面“咚”的一声响，接着是长腿表哥的呻吟声：“哎哟！哎哟哟！”不用看，万尔福就知道长腿表哥敲门时又忘了低头，结果头撞在门框上，跌倒在地。万尔福忙为长腿表哥打开大门。

长腿表哥坐在灯下揉着头上的青包，对万尔福大倒苦水。

“万尔福，你是不是想结婚呢？如果你想结婚，千万要打消这个念头。一结婚就不能痛痛快快地打呼噜了。黄脸婆的尖叫声会让你从甜梦中惊醒。”

长腿表哥的唠叨没完没了，万尔福打了个呵欠说：“好吧，既然结婚这么恐怖，我决定不结婚了。”

“啊，这下我就放心了。今天我就在你这儿睡觉，免得黄脸婆又打扰我的好梦。我可要美美地睡上一觉。”

长腿表哥一伸腿，被子盖不住他的脚，他的两只脚只好光溜溜地竖在外面。

万尔福不知道打呼噜的滋味，打呼噜是怎么回事，是先打呼噜再睡着呢，还是先睡着后打呼噜呢？他弄不明白。他想最好还是打呼噜，这样，就可以把他长得很丑的女朋友花朵吓跑。万尔福朦朦胧胧正要睡着，忽然一阵雷声滚动，震得窗户直抖。哎呀，要下雨啦！万尔福翻身下床要去关窗户，这才发现那雷声是从长腿表哥的嘴里发出来的。哇，怪不得黄脸婆害怕，雷声就在她身边，她能不害怕吗？

半天，万尔福才适应长腿表哥的呼噜声，他躺下想继续睡觉，没想到长腿表哥的呼噜声又变了，变成了一阵阵的惨叫声，仿佛有人要来杀他。万尔福汗毛都竖了起来。他急忙用脚蹬了蹬长腿表哥，还好，惨叫声没有了。然而接下来却变成了吹气声，他吹第一下，被子被掀到地上。吹第二下，万尔福的枕头飞了。吹第三下，万尔福被吹得浮在床的上空。长腿表哥再一吸气，万尔福又掉到床上。他的一只脚正好砸在长腿表哥的嘴上。长腿表哥不再吹气，却又发出打雷般的呼噜声。

就这样，长腿表哥的呼噜是先打雷，后惨叫，再吹气。前后顺序一点都不会弄错。万尔福吓得身上的冷汗一阵阵地冒。不管他用什么方法，长腿表哥的呼噜声都会钻进他的耳

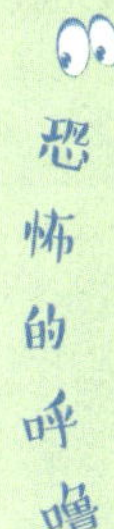

朵里。没办法，万尔福只好坐在床上听长腿表哥打呼噜。听着听着，万尔福困得受不住，头一歪睡着了。

万尔福正睡得香，忽然听见一阵惊天动地的尖叫声，万尔福一咕噜从床上坐起来，见长腿表哥正捂着耳朵，一脸惊恐，头发高高地竖起来，浑身抖得像筛糠。

“你怎么啦？”万尔福要过去安慰长腿表哥。

“你别过来！”长腿表哥吓得连连后退，他指着万尔福说，“你的呼噜太可怕了，先打雷，后惨叫，再吹气。我的神经再也受不了这种折磨了，我要回家！”

说完，长腿表哥拔腿就往外跑。这个记性差的家伙仍然跑到门边忘了低头，头又被撞出个大青包。他爬起来，捂着头，跑得那么快，简直像黑夜里的一颗流星。

“原来我也打呼噜，打的呼噜还和长腿表哥的一模一样。真奇怪！嘻嘻，哈哈哈哈——”

万尔福忍不住放声大笑，笑得整个夜空中的星星都能听见。

长腿表哥的耐性

万尔福正对着镜子整理那根头发，长腿表哥垂头丧气地来了。

“万尔福，我好伤心呀。”长腿表哥哭丧着脸说。

“遇到什么麻烦了吗？”万尔福问。

“黄脸婆去娘家了，她要跟我离婚，因为我打了她。”长腿表哥的手在头上搔来搔去。

“这样很好哇，没有人再惹你生气了。”万尔福把那根头发盘好，在上边喷一点发胶固定好。

“可是万尔福，我的衣服谁来洗，我的饭谁来做，我的一切一切……万尔福求求你帮帮我吧！”长腿表哥“扑通”一声跪在地上，扯住万尔福的两手乱摇晃，结果把万尔福也拽得跪倒在地。

“好吧，我怎么帮你？”万尔福问。

“我要做一个有耐性的人。你骂我吧，我一定不发脾气。”长腿表哥说。

“不不不，我不要骂人。这样吧，我把你的坏毛病一一列举出来，让你改正，你不会生气发脾气吧？”

“不会不会，你就是把我打翻在地，再踏上一只脚，我都不会发脾气。”长腿表哥保证。

“好吧，我就开始说了。你可千万不能发火。你最大的毛病就是脾气太暴躁。”

“你说什么？”长腿表哥瞪起两只眼睛，“哦，对对对，我不发脾气，我差点忘了。你往下说吧。”

“你的废话太多。另外……”

“好啦，万尔福，你有没有说完？”长腿表哥的拳头捏得“咯吱咯吱”响。

“还早着呢。”万尔福说，“你没有一点耐心，我无法帮你，你走吧。”

“这个，好吧，你要说得快一点，不要慢慢地折磨我的神经。我受不了。”长腿表哥一副可怜巴巴的样子。

“好，我说得快一点。”万尔福点点头，“你有点笨，有点傻，爱喝酒，爱打老婆，爱打呼噜……”

万尔福说得飞快，长腿表哥气得嘴唇青紫，浑身哆嗦，终于跳起来大吼一声："啊，我受不了啦！"他抓起万尔福的镜子、花瓶、茶杯、烟灰缸，稀里哗啦摔碎在地上，一脚踢翻了桌子椅子凳子，抓起万尔福，毫不犹豫地把他扔了出去。

万尔福只觉得一阵天旋地转，便落在了外面的树杈上。

长腿表哥趾高气扬地走出来，对树杈上的万尔福说："有胆量你下来，我非揍你个稀巴烂！"

"长腿表哥，你还有一个缺点，就是不守信用。"万尔福抱着树杈气呼呼地说，他那根整理得很棒的头发完全乱了套，耷拉在左脸颊上，显得很滑稽。

"哈哈哈！"长腿表哥大笑一声，震得树叶乱抖。"我是说过我不发脾气，可我没说过我不摔东西不揍你呀！"

"永别了，长腿表哥，我再也不愿见到你。我相信黄脸婆也是一样。"万尔福气愤地说。

"什么，我会永远失去黄脸婆吗？噢，我不能失去她。好心的万尔福，我再也不发脾气了。求你帮帮我吧，帮帮我吧！"

长腿表哥抱着树用力摇晃着，万尔福眼看自己就要从高高的树杈上掉下来，吓得他大叫："救命啊！救命啊！"

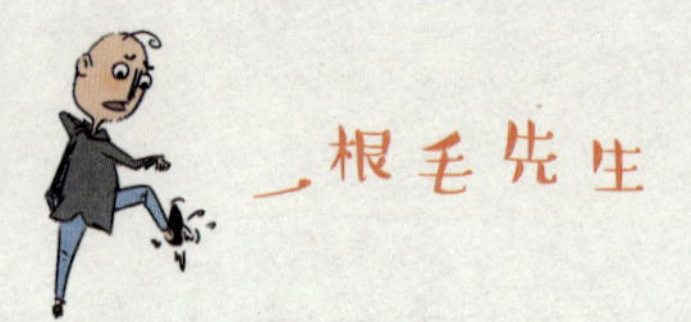

长腿表哥永不再打老婆

万尔福接到长腿表哥的电话，让他马上赶到他家里去，他有最要紧的事要跟万尔福商量。

万尔福骑着单车，飞奔到长腿表哥家，却发现长腿表哥正跪在地上对天发誓："老天作证，我永远不再打老婆了！"万尔福一听，单车一掉头就要离开，因为万尔福认为长腿表哥永远也改不掉他的恶习。没想到长腿表哥一伸长腿拦住了万尔福的去路。

"万尔福老弟，我可把你盼来了，你可要帮帮我。我不该打老婆，刚才我已经对天发过誓了。"长腿表哥一脸真诚。

黄脸婆就在旁边哭泣，大概哭了很久，泪水已在她前面流成了一条河。

"我走了，我不想再听你打老婆的事，也不想再听你发誓。"万尔福对这种事一点也不感兴趣。

“不，这一次我不但发誓，还要流下悔恨的泪水。”说完，长腿表哥咧开大嘴“呜呜呜”地大哭一阵，可是连一滴泪水也没流下来。他摸摸眼角说，“万尔福，把墙上挂的红辣椒扯一把下来。”

万尔福不知道长腿表哥要干什么，就扯了一把红辣椒递给他。

长腿表哥一把将红辣椒拧成两断，捂在眼睛上揉了几下。顿时，长腿表哥的眼圈红了，眼泪“噼里啪啦”地往下掉。长腿表哥苦笑着说：“看，万尔福，我终于流下了悔恨的泪。”

可是，黄脸婆并没有原谅他，她还在那里哭泣不止。

“万尔福，你看，我都哭了，我老婆她还是不原谅我，这是为什么？”长腿表哥瞪着红通通的眼睛问。

“因为她不相信你。”万尔福说。

“我一定要让她相信我。”长腿表哥想啊想，一拍腿说，“有了，为了证明我不再发脾气打人，我让老婆来打我一个耳光。”

“你说的是真话吗？”黄脸婆打长腿表哥的耳光，这不是太阳从西边出来了吗，万尔福不相信。

“当然是真的，不信，你让我老婆过来打给你看。”长腿表哥有点急不可耐了。

万尔福真的过去把黄脸婆搀扶过来。可是黄脸婆一见长腿表哥，就浑身抖得像筛糠，连路都走不好了。

长腿表哥嫌黄脸婆走得太慢，急得直搓手："快点快点，我都等不及了！"

黄脸婆猫一样低声下气地说："我不打行不行？"

长腿表哥一听，脸顿时拉到一尺多长："那可不行，你非得打我一耳光不可。"

长腿表哥歪过脸，等黄脸婆来打。

黄脸婆一步一步颤悠悠地走过去，她仿佛变成了一个一百多岁的老太太。就在她举着像得了帕金森病的手，刚要走到长腿表哥身边时，地上的一根小树枝将黄脸婆绊倒在地。她那只发抖的手正好落在长腿表哥的脚上。

长腿表哥歪着的长脸"唰"地缩成一团，眼睛瞪得溜圆，眉毛竖得笔直，大喝一声："我让你打脸，你为什么打我的脚？气死我啦！"

长腿表哥抡起拳头，雨点般地落在黄脸婆的身上。

黄脸婆发出凄厉的惨叫。

万尔福痛苦地捂上眼睛："我早知道会是这么个结果，长腿表哥是没有耐性让老婆打他的。"

永远不给万尔福打电话

花朵坐在桌子旁边托着腮皱着眉头，桌子上放着一只花瓶，瓶子里插着两枝蓝色的勿忘我，都蔫了，耷拉着头。花朵在想念万尔福，万尔福已经三天没有给她打电话了。

“万尔福为什么不给我打电话？他生病了吗？不，他肯定没生病，他的身体棒极了，虽然他只长着一根头发，但我从来没见过身体像他这样棒的，我敢打赌，他从小到大连一个喷嚏都没打过。”花朵自言自语，来回在桌子四周走来走去。

“万尔福为什么不给我打电话？男朋友就得先给女朋友打电话，他不给我打电话就证明他不想我。我也不想他，呸，我才不想他个一根毛！别人的男朋友都是高大英俊满头漂亮的黑发，可我的男朋友呢，就一根头发，真寒碜。我才不想他，不想不想不想！”花朵气呼呼地一下子坐在桌子上。

当花朵看见桌子上的两枝勿忘我时，不禁把花儿捧到胸

前：“天哪，这还是万尔福送我的花儿呢。万尔福，你为什么不给我打电话，今天是情人节，笨蛋，难道还让我先给你打电话吗？不，我的自尊心会受不了，这个时候，男朋友应该给女朋友送玫瑰花和巧克力。我不指望得到玫瑰花和巧克力，因为万尔福是个不拘小节的家伙，我原谅他。我只想得到一个电话，万尔福一定得先给我打一个电话。”

花朵搬来一把椅子坐在电话机旁，一心一意地等万尔福的电话。等了很久，电话铃也没有响，花朵觉得一定是电话机坏了，拿起来听了听，还好好的，又坐下来等，还没有电话铃声。难道万尔福出了什么事？也许他出门了。“我来试试万尔福在不在家。”花朵拨了号码，用一只手捏住鼻子。

“喂，万尔福在家吗？”花朵问。

“我是万尔福，你是谁？”万尔福在电话那边问。

花朵急忙放下电话，捂着嘴笑了起来。“万尔福一定以为是一头老牛或者是一只大河马给他打电话吧。哼，一直在家却一个电话也不给我打，多么残忍的家伙！万尔福，你这个大坏蛋，我永远也不要给你打电话了！”

花朵飞奔着离开电话机，跑到床边用被子蒙住头。可是她仍然想念万尔福，掀开被子要去给万尔福打电话。“不行，刚才我发誓不先给万尔福打电话的。看来我得把自己的脚绑起来，这样，我就走不到电话机旁边了。”

花朵找来一根绳子把自己的一只脚绑住，拴在椅子的腿上。可刚拴好，另一只脚又不由自主地朝电话机挪去。没办法，花朵只好把自己的另一只脚也拴在椅子腿上。然而，拴好了脚，她的两只手又一步一步地朝电话机爬去。花朵只好用右手绑住了左手。左手是绑好了，右手却在匍匐前进，往电话机艰难地挪去。好吧，这回轮到左手来绑右手了。她费了很大劲才把右手给绑上了。这下，花朵再也不能动了。花朵眼巴巴地看着电话。

“万尔福，你这倒霉蛋，别怪我不给你打电话，我被绑住了。就是你打电话来，我也不能接你的电话了。”

就在这时，电话铃“丁零零”响了起来。花朵一愣，啊，是万尔福的打来的电话，一定是的。“万尔福，等等我，我看谁还敢阻拦我接电话！”花朵一跃而起，赛过老虎，胜过狮子。她挣脱了绳索，踩烂了椅子，打碎了花瓶，撞翻了桌子，扑过去抓起话筒，叭叭叭地在话筒上使劲地亲着。猛然间，从话筒里鼓出一块肉乎乎的东西，花朵一看，原来是万尔福的嘴巴被她亲肿了、亲长了。花朵看着万尔福的嘴巴，露出了胜利的微笑。

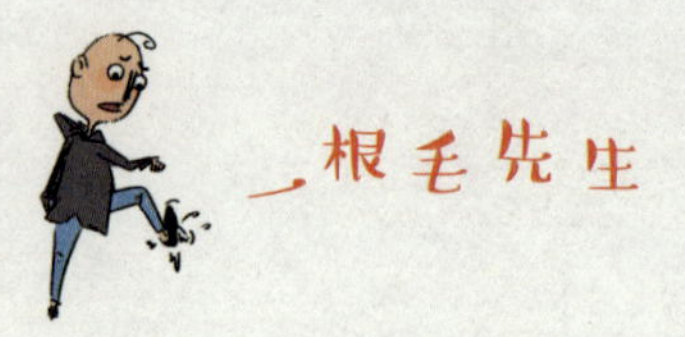

一场意外

万尔福哼着歌儿，使劲蹬着自行车，他的自行车后面带着他的两个外甥女：红豆豆和绿豆豆。红豆豆和绿豆豆是双胞胎，因为她们长得实在太像了，连她们的妈妈自己有时也分不清她们谁是红豆豆，谁是绿豆豆，因此，她们的妈妈便给红豆豆穿一身红，给绿豆豆穿一身绿，这样一眼就能看清楚谁是红豆豆，谁是绿豆豆。

今天，万尔福的姐姐出去逛街，让万尔福照顾红豆豆和绿豆豆。

红豆豆和绿豆豆最喜欢到万尔福舅舅家，这样就可以吃到平常吃不到的点心了。万尔福把红豆豆和绿豆豆往家里一放，就出去买一份今天的报纸。

红豆豆问绿豆豆：“今天你想吃什么？我会想办法找舅舅弄到。”

“嗯，”绿豆豆咬着手指头想了好一会儿才说，“不向舅舅要东西不行吗？”

“别傻了，不向舅舅要东西吃，他会不高兴的，他还以为我们看不起他呢。好了，我这会儿最想吃巧克力，你呢？”

“那我要巧克力吧。如果妈妈知道我们找舅舅要东西，又要说我们的。”绿豆豆担心地说。

红豆豆摸摸鼻子尖说：“我有一个主意，来给舅舅写一封信。”

“写信，怎么写？”

“瞧我的！”

红豆豆在桌子上铺开一张纸，写了起来，一边写一边念：“‘我是一个比一百个美女加起来还漂亮的美女，如果你送给我两块果仁巧克力，你会得到两个比巧克力还甜的吻。请把果仁巧克力放在院子前面的垃圾筒后面，不许偷看。’这样写很不错吧，舅舅喜欢美女，他会上当的。”

“可怜的舅舅。”绿豆豆说。

外面响起脚步声。

红豆豆说：“是舅舅回来了，我们快藏起来。”

红豆豆和绿豆豆急忙躲到床下。

进来的是花朵，她一进门就大喊：“万尔福！万尔福！”

没见到万尔福却发现了桌子上的信，她仔细读了一遍，气得两条眉毛竖起来，拧到了一起。这时，她听见万尔福的口哨声，“我倒要看看他给哪个美女买巧克力。”

花朵躲在门后。

万尔福进门后一眼就看见了那封信，他笑道：“好吧，宝贝，我这就去买巧克力。”

万尔福刚一出门，花朵就悄悄地跟在了后面。可转念一想，她在垃圾筒前站住了。

“哎呀，不好，花朵要抢劫我们的巧克力！”绿豆豆对红豆豆说。

“她抢不走，我们躲在大树后面。”

红豆豆拉着绿豆豆来到大树后。花朵拿着一根大棍子站在垃圾筒前，像一只为垃圾筒站岗的野猫。绿豆豆看了直打哆嗦，对红豆豆结结巴巴地说：“我……我不想吃……吃巧克力了，我们走吧。我们抢不过花朵的，她那么胖。”

红豆豆说：“舅舅会帮我们的。嘻嘻，花朵的样子真好玩，我想再看一会儿。”

就在这时，万尔福捧着巧克力朝垃圾筒走来。花朵瞪圆了眼睛朝四周看着。万尔福正要跟花朵打招呼，忽然，红豆豆像一朵红色的火苗扑进舅舅的怀抱。花朵以为是那个漂亮的美女，顾不上细看，一棍子打过去。没想到红豆豆夺过巧克力，像小猴子一样跳到一边。花朵的棍子正好打中万尔福，万尔福应声倒地。

“舅舅，舅舅！”红豆豆和绿豆豆朝万尔福奔过来。

花朵这才明白是怎么回事，原来是一场误会，她大叫一声：“宝贝！”把万尔福往肩膀上一扔，飞快地朝医院跑去。

红豆豆同情地说：“可怜的花朵，她没有抢到我们的巧克力，还得背舅舅去医院。”

绿豆豆很伤心：“可怜的万尔福舅舅，他还没得到我们比巧克力还甜的吻呢，就进了医院。”

说完，红豆豆和绿豆豆一齐把巧克力塞进嘴里，大吃起来。

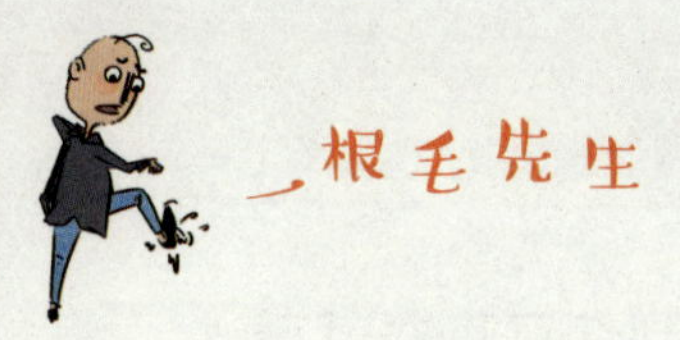

梦中的老师

红豆豆和绿豆豆在画画，万尔福在旁边走来走去，不断地探头看一眼。

“当画家不错，我从小的梦想就是当一个画家。”万尔福说。

“舅舅，你为什么不在小时候就当画家。瞧，我现在就是一个画家了，我可不光是做梦。”红豆豆拿起自己的画让万尔福看。

万尔福看了半天看不明白:“一个圈，两个圈，三个圈……这么多圈圈，这是什么画？”

“舅舅，你好好想想这是什么。”红豆豆的口气像个老师。

“啊，我知道了，这是一幅抽象画。一定是的。抽象画一向让人难看懂，只有像我这样有艺术细胞的内行，才能看出来。”万尔福得意洋洋地说。

“可怜的舅舅，你真看不出来？告诉你吧，这是一堆泡泡。”红豆豆同情地说。

“原来是一堆泡泡呀，我的艺术细胞出现了问题。”万尔福笑了，“绿豆豆，你画的什么？”

万尔福拿起绿豆豆的画纸，左看右看，也看不明白，他敲着脑袋说：“看来我的艺术细胞又出了问题，这到底画的是什么呢？”

绿豆豆涨红了脸，轻声地对万尔福说：“我什么都没画，我还没想好呢。”

“噢，哈哈哈……真是太好笑了，我还以为我的艺术细胞出了问题呢。好吧，你们来画画，画好以后，拿来给我看。今天我来当你们的美术老师。”

“好的，舅舅。”红豆豆和绿豆豆齐声回答。

万尔福自言自语地说：“看来，我的艺术细胞是出了点小问题，我来喝点酒，找点感觉。”

万尔福打开一瓶酒，就着一碟花生米喝起来。三杯酒下肚，万尔福的脑子发热；六杯酒下肚，万尔福的头发烫；九杯酒下肚，万尔福的脑袋“嗡嗡”响……万尔福站在大镜子前看着自己，他有了一个新的发现：“啊，酒真是一种奇特的颜料，它是白的，喝到肚子里却能把我的脸染红。妙，妙

啊……”

万尔福头一歪，倒在沙发上睡着了。

红豆豆和绿豆豆每人拿来一幅画让万尔福看，可是万尔福睡得正香，她们只好一个在左耳边大叫，一个在右耳边大喊。万尔福终于睁开了眼睛。

红豆豆画的是一只小胖猪，万尔福看了一眼，连连摇头，大笔一挥，把小猪的四只脚改成了四只小鸡的爪子。

绿豆豆画的是一只小白兔，万尔福看了一眼，连连晃脑袋，大笔一挥，把小白兔的短尾巴画成了长长的驴尾巴。

红豆豆和绿豆豆看着被改过的画，吃惊得瞪圆了眼睛。

“照我改过的再画一遍。啊，我终于找到了真正的艺术细胞。”万尔福头一垂，又呼呼睡去。

绿豆豆对着画看了半天，小声地说：“舅舅改的像一幅抽象画。”

红豆豆眨眨眼睛，在绿豆豆的耳边说了几句悄悄话。两个人笑嘻嘻地开始画起来。

画完，红豆豆用一只大喇叭，对着万尔福的耳朵眼使劲喊了一声。万尔福惊得一屁股坐起来。

他的眼前出现了一幅颜色刺眼的画，画上的万尔福头上长着一根红棍子，红脸、红眼睛、红鼻子、红胡子，瘦瘦的身子下面长着一双公鸡脚，屁股后面是一条撅得老高老高的驴尾巴。他“扑通”跪倒在画前，声音颤抖地惊叹道：“杰作，杰作！我要把它送到国家美术馆去！”

万尔福抱着画疯狂地朝外跑去。

红豆豆摇摇头说：“万尔福舅舅真可爱。”

绿豆豆说：“我真担心，舅舅在半路上被人抢劫了怎么办？”

红豆豆和绿豆豆大叫：“舅舅，等等，我们跟你一块去！”

红豆豆和绿豆豆朝万尔福追过去，快得像两股小旋风。

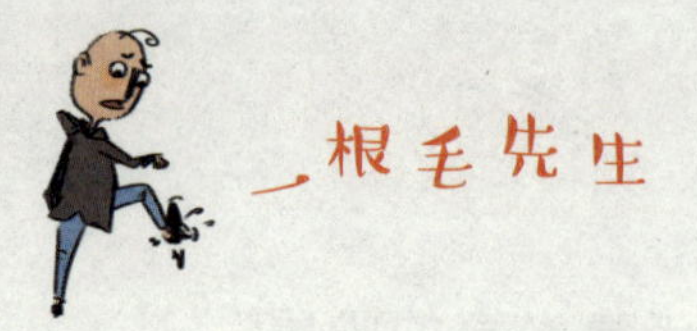

讨好两位小公主

万尔福在和红豆豆、绿豆豆聊天。

万尔福看着正吃冰激凌的红豆豆和绿豆豆说：“舅舅好不好？你们喜欢舅舅吗？”

红豆豆回答得比冰激凌还甜：“喜欢。”

万尔福又问：“喜欢我的女朋友花朵吗？”

这时，花朵正从窗前经过，忙停下脚步偷听。

红豆豆回答：“不喜欢，她胖得跟小象的妈妈一样。”

“她如果跟舅舅结婚了，你们的床只能睡下她一个人，舅舅就得睡到地上。她翻身要是从床上掉下来，还会把舅舅砸扁。”绿豆豆说。

万尔福捧着脑门说：“这真糟糕。”

花朵在外面气得两条眉毛直打架。

红豆豆爬到万尔福的腿上说：“舅舅，我给你介绍一个苗条的姑娘吧。她长得漂亮极了，她的腰只有花朵的小手指头粗。她的名字叫宝贝。她是我们班的班长。”

“还是王小桃当舅舅的女朋友吧，她鼻子上的三个小斑点好漂亮，她都七岁了。”绿豆豆激动得鼻尖上都出了汗。

“不，就要宝贝！”

“要王小桃！”

红豆豆和绿豆豆吵了起来。

“万尔福！万尔福！”门外响起一个细声细气的声音。随着声音，花朵走了进来。

“花朵，你的嗓子做手术了吗？听上去像一只……”

万尔福正想往下说，花朵两手在万尔福的腿上拧了一下，万尔福笑着改口说：“像一只夜莺。”

“你们刚才在说什么？”花朵问。

“这个……”万尔福一时回答不上来，“花朵，你帮我照顾一下红豆豆和绿豆豆，我出去买一份今天的报纸。”

说完，万尔福急急忙忙逃出了家门。

花朵笑眯眯地看着红豆豆和绿豆豆说：“你们是我见过的最漂亮的小姑娘。你们觉得我长得怎么样？”

绿豆豆捂住嘴巴不说话。

红豆豆抢先回答：“你不是我们见过的最丑的姑娘。”

花朵气得转身悄声说：“真没礼貌。我得想想办法，让她们说我漂亮。”

花朵转过身来说："像你们这样漂亮的小姑娘，应该穿最漂亮的裙子。你们喜欢雪白的公主裙吗？"

红豆豆和绿豆豆点点头。

"好，等着吧，你们马上就会得到一条雪白的公主裙。"

花朵说完，圆球一样迅速滚出院子。不一会儿，她抱着两条雪白的公主裙跑了回来。由于跑得太快，她累得呼哧呼哧直喘气。

红豆豆和绿豆豆穿上公主裙，花朵称赞道："啊，像仙女一样美！你们看，我的腰不能穿公主裙，我只穿口袋裙。我和万尔福舅舅结婚以后，我只穿口袋裙，可以给他省下许多钱。你们说是省钱好呢，还是穿公主裙好？"

"穿公主裙好。"红豆豆说。

"那，绿豆豆，你认为呢？"花朵不死心。

"你决定跟万尔福舅舅结婚了吗？"绿豆豆问。

"是的，对！"花朵肯定地说。

绿豆豆说："我同意红豆豆刚才说的话。"

花朵更生气了，她想了想说："你们一定很喜欢吃零食，对不对？"

红豆豆和绿豆豆异口同声说："我们喜欢吃零食，更喜欢喝饮料。"

“好的，两位小公主，我马上满足你们的愿望。”

转眼之间，花朵就抱来一大堆零食和饮料。

红豆豆和绿豆豆坐在零食前面，又吃又喝。

花朵趁机说：“看，我的身材根本用不着吃那么多东西，我只是喝一口水，这一口水还是凉水，就能长肉。”

红豆豆问：“那你身上的肉都是喝凉水长出来的吗？”

绿豆豆咯咯地笑起来：“怪不得花朵长得像个水缸！”

“哼！”花朵气得在头上抓了一把，顿时，她的长头发乱成一团麻，怎么理也理不顺，她恼火得把长头发卷成一堆，一下坐在上面。看着红豆豆和绿豆豆穿着她买的公主裙，嘴角留着黑色的巧克力和白色的奶油，花朵就气不打一处来，她压住火问：“请问两位小公主，你们对我的感觉如何？说实话，我喜欢说实话的孩子。”

红豆豆和绿豆豆互相看看。

红豆豆摸着鼓鼓的小肚子说：“我觉得你美得像巫婆。”

绿豆豆说：“对，我从来没见过像你这样漂亮的巫婆。”

花朵一听，身子往后一仰，晕倒在她的长头发上。

红豆豆同情地说：“花朵不但丑，还有点傻。”

绿豆豆摇摇头：“花朵要是听了这句话，她永远都不会醒来了。”

打扮花朵

红豆豆和绿豆豆在万尔福舅舅家画画，画得满身都是油彩。

花朵来找万尔福，她想约万尔福去看电影。今天她打扮得花枝招展，像一个巨大的花蝴蝶。她快乐地哼着歌，没进门就开始喊："万尔福！万尔福！"

红豆豆和绿豆豆一回头，花朵看见两张花猫脸，失望地叹了一口气："今天我的浪漫计划又被打破了。"

"你好，花朵阿姨！"红豆豆和绿豆豆说。

"你们好，你们的舅舅哪儿去了？"花朵问。

绿豆豆说："去给我们买水粉颜料去了。"

花朵："你们看，我漂亮吗？"

红豆豆上下打量一下花朵，点点头说："嗯，你身上的油彩比我身上的还多。"

花朵听了十分不高兴，又问绿豆豆："绿豆豆，你说我的裙子漂亮吗？”

绿豆豆想了想说：“真花，像条花被单。”

花朵气得真想把这两个小坏蛋扔到天上去，要知道，花朵一心想变成红豆豆和绿豆豆心目中的美女呀。她讨好地问红豆豆和绿豆豆：“你们说，我怎么打扮才能充满魅力，又漂亮又美丽，我穿什么样的衣服万尔福才会喜欢呢？”

红豆豆围着花朵转了一圈，摇摇头说：“你的身材太胖，没法打扮。”

“你说什么？”花朵气得在地上跺了一脚，跺得房子摇了三摇，晃了三晃。

绿豆豆忙说：“不过，你的头发可以打扮呀。”

花朵马上兴奋起来：“啊，你说我的头发可以打扮吗？我的头发是我最得意的地方了。这个世界上没有第二个人有我的头发长，如果在夜晚，我把头发松开往天上一扔，都能把星星打下来几颗。告诉我万尔福最喜欢什么样的发式。”

“舅舅喜欢什么样的发式，我当然最清楚。”红豆豆说。

“是吗？！我从来都是用一根橡皮筋把它们束成一团。告诉我，我怎样才能把头发打扮得更漂亮？”花朵两眼闪闪发光地看着红豆豆和绿豆豆。

绿豆豆正想说，红豆豆捂住她的嘴，对花朵说：“你给

我们什么报酬呢？”

花朵不喜欢听“报酬”两个字，可是为了得到变漂亮的秘诀，她只好说：“好，我给你们每人买一支冰激凌。”

红豆豆摇摇头：“太少。”

花朵说：“再给你们一人买一块夹心巧克力。”

红豆豆还摇头。绿豆豆拉拉红豆豆的衣角，小声说：“差不多了。”红豆豆不同意。

“那，再给你们一人买一袋鱼皮花生米。”花朵狠狠心说。

“每人一大袋。”红豆豆急忙说。

“好吧，我答应。那，快告诉我变漂亮的秘诀吧！”花朵迫不及待地说。

绿豆豆正想说，红豆豆抢过话头说：“不行，你得先把东西买来，我们才告诉你。”

没办法，花朵只好飞快地跑出院子，像一只大花皮球一样，朝街上滚去。

一眨眼的功夫，花朵就把所有的零食都买了来。

“好了，你们快告诉我秘诀吧。”花朵激动万分地说。

红豆豆和绿豆豆一齐说：“给你的头发夹上漂亮的发卡。”

“啊，原来就这么简单，我怎么没有想到！”花朵在自己的脑门上拍了一下，转身朝大街跑去。

红豆豆和绿豆豆大口吃着冰激凌。

万尔福舅舅给红豆豆和绿豆豆买来了颜料。

“哈哈，你们吃得真开心，我记得好像我没有给你们买零食呀。”万尔福把一颗鱼皮花生米扔进嘴里。

“舅舅，这是我们卖点子换来的零食。”红豆豆说。

“哈哈哈，哪个傻瓜会买你们的点子？”万尔福大笑起来。

万尔福的笑声还没停止，只听身后传来花朵激动得有点跑调的声音。

“万尔福，回头看，不要晕倒哟！”

万尔福怕自己晕倒，慢慢地转过头去，只见花朵的头发一直拖到大门口，有四个大汉分别站两边，帮花朵牵着拖在地上的头发。再一看，花朵的头发上卡满了各式各样的发卡，大的小的，红的绿的，长的短的，木的铁的，闪光的透明的……应有尽有。万尔福吃惊得一句话也说不出来。

“怎么样？我美吗？”花朵扭动着脖子问。

“你……你头上怎么有那么多发卡？”万尔福感到很奇怪。

“总共有三千三百三十三只。我漂亮吗？”花朵骄傲地晃着脑袋。

“你准备卖发卡吗？”万尔福问。

“我好看吗？”花朵不回答万尔福的问题，继续问。

“你是不是还请了四个店员？”万尔福打量着四个一声不吭的大汉。

花朵的脸一下子拉长了，她大吼一声：“万尔福，讨厌！我花光了积蓄，买来了这一头发卡，你不说好看，也不说漂亮，更不说美，你……你一点都不浪漫，你是个木头！”

花朵气得一甩头发，那四个大汉被甩倒在地，无数个发卡打在他们的脸上，痛得他们“哇哇”直叫，拔腿就跑。

花朵气冲冲地转身要走，忽然想起一件事，两眼喷火地朝红豆豆和绿豆豆扑来，“是你们害了我，让我给你们买了那么多零食，我要你们赔！”

红豆豆和绿豆豆见事不妙，鸟一样地飞走了。

花朵在后面紧追不舍。

万尔福在一旁看着，忽然“哈哈”大笑起来：“原来红豆豆和绿豆豆把她们的点子卖给了花朵。我早就应该想到，除了花朵会买她们的点子，谁还会买呢。哈哈哈，真是太好笑了！”

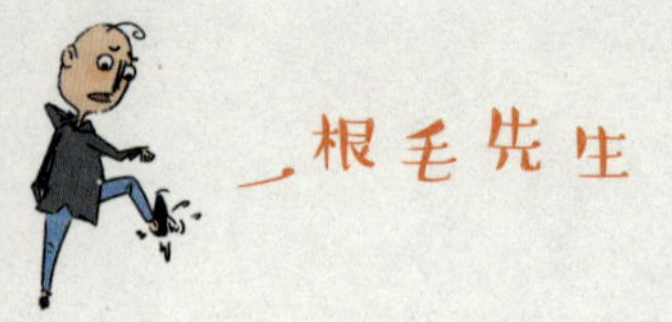

参赛的画

“六一”儿童节就要到了，学校要举办绘画大赛，喜欢画画的红豆豆和绿豆豆当然要参赛了。

一整天，红豆豆和绿豆豆都在万尔福舅舅家里画画。

红豆豆边画边说：“啊，画得真棒，我会得第一名。”

绿豆豆看看红豆豆的画，又看看自己的画说：“我一定要得头奖。”

红豆豆说：“不可能！”

绿豆豆摇摇头：“对不起！”

“不可能！”

“对不起！”

红豆豆和绿豆豆吵了起来。

万尔福跑过来，问道：“怎么回事？”

红豆豆说：“我的画画得最好，能得第一名。”

绿豆豆说："我的画画得不好，但能得头奖。"

万尔福理了理他唯一的一根头发说："好吧，把你们的画拿过来，我给你们当一次裁判。"

红豆豆和绿豆豆把自己的画捧到万尔福的手里。

万尔福先看红豆豆的画，左看右看看不明白，就问红豆豆："你画的是什么？"

红豆豆说："是大狗过六一儿童节。"

万尔福又看绿豆豆的画，左看右看看不懂，就问绿豆豆："你画的是什么？"

绿豆豆说："是小兔过六一儿童节。"

万尔福看看红豆豆的大狗说："你画的大狗的狗尾巴不像。"

用毛笔抹去了大狗的尾巴。

万尔福看看绿豆豆的小兔说："你的小兔两只耳朵不像。"

用毛笔抹去了小兔的两只耳朵。

又对红豆豆说："你的大狗四条腿不像。"

用毛笔抹去了大狗的四条腿。

又对绿豆豆说："你的小兔头不像。"

用毛笔抹去了小兔的头。

抹来抹去，抹到最后，红豆豆的画上只剩下了万尔福用

毛笔抹的一块黑。

抹去抹来，抹到最后，绿豆豆的画上也只剩下了万尔福用毛笔抹的一块黑。

万尔福看看这幅画上的一块黑，又看看那幅画上的一块黑，摇摇头说："红豆豆得不了第一名，绿豆豆也得不了头奖。"

红豆豆看看画上的黑，哭了："我的第一名啊，舅舅，要你赔！"

绿豆豆看看画上的黑，流泪了："我的头奖啊，舅舅，要你赔！"

红豆豆和绿豆豆一步步朝万尔福逼来，万尔福连连后退，笑着说："你们不是开玩笑吧！"

红豆豆和绿豆豆齐声回答："不是！"

红豆豆和绿豆豆朝万尔福疯狂地追过来，万尔福转身就跑，跑得那么快，头上那根唯一的头发都飞了起来。他边跑边说："我要是能画好这么漂亮的大狗和小兔，明天我也要去参赛！"

转眼间，红豆豆和绿豆豆把万尔福追成了一个小黑点。

贪吃的表舅

万尔福在盘子里摆上水果：紫葡萄、红苹果、青香蕉、黄鸭梨。红豆豆和绿豆豆在一边看着。

“哇，真漂亮，漂亮得像是假的一样。”红豆豆叫道。

“不，只有真的才这么漂亮。”绿豆豆小声说。

“嘘，别吵，小朋友，我把静物摆好了，你们开始画吧，我要睡觉了，昨天晚上我整整失眠了一夜，在你们画好之前，别叫醒我。”万尔福说。

“好的，舅舅。”红豆豆和绿豆豆回答。

万尔福打着呵欠去睡觉。

红豆豆看看盘子里的水果，摇摇头说：“舅舅总说他的理想是当个画家，可他连静物都摆不好。他不该把葡萄压在下面，会把葡萄压烂的。”

绿豆豆说：“是啊，舅舅应该知道葡萄压烂了，就没法

吃了。”

绿豆豆去把水果静物重新摆了一遍，和红豆豆一起开始画画。

“万尔福！万尔福！”外面响起长腿表哥的声音，话音未落，“咚”，长腿表哥的额头撞在了门框上。他捂着头哈着腰哼哼唧唧地走进来，嘴里叫道：“哎哟，痛死我了。”

红豆豆和绿豆豆说了声：“表舅舅好！”又继续画画。

长腿表哥看见盘子里的水果，顿时眼睛亮了，他揉着额头，拿起一个红苹果问：“你们看看，我的头有没有撞出一个红苹果一样的大包。”

红豆豆和绿豆豆摇摇头。

“那，有没有黄鸭梨那么大的包？”长腿表哥放下红苹果，拿起黄鸭梨。

红豆豆和绿豆豆又摇摇头。

“一定有紫葡萄那么大的包吧？”长腿表哥放下黄苹果，拿起紫葡萄。

红豆豆和绿豆豆还是摇头。

长腿表哥又拿起青香蕉：“我的头难道撞出了香蕉大的一个包？”

红豆豆不高兴了：“表舅舅，我们在画静物，你别把我们的静物拿来拿去好吗？”

“哦，是这样啊，这静物可真馋人，你们是怎样忍住不吃它们的？”长腿表哥问。

绿豆豆说：“我们把它们当成一盘辣椒。”

“天哪，辣椒，亏你们想得出，我是最怕辣椒的。要是盘子里摆的是一盘辣椒，我看也不要看，看一眼，我就会辣得流泪。”长腿表哥说。

红豆豆和绿豆豆开始画红苹果。

“你们画完这些水果，也就是静物，准备把它们怎么样？”长腿表哥问。

“当然是吃掉它们。”红豆豆说。

长腿表哥说：“那太好了！”他歪头看看红豆豆和绿豆豆的画，见红苹果画好了，便抓起红苹果把它塞进嘴里，“咔嚓咔嚓”几口就吞进了肚里。

绿豆豆小声对红豆豆说：“他吃了我最爱吃的红苹果。”

红豆豆和绿豆豆接着画紫葡萄。

红豆豆和绿豆豆还没画完，长腿表哥就拎起葡萄，一仰脖子把葡萄放进嘴里。“我吃葡萄不吐皮也不吐核，这样能减少垃圾。接下来你们要画什么？”

红豆豆气呼呼地对绿豆豆说：“他吃了我爱吃的葡萄。”

“你们不要说话，表舅舅还等着吃水果呢。”长腿表哥催促。

红豆豆和绿豆豆刚画完黄鸭梨，黄鸭梨又被长腿表哥吃了。

“现在就剩下青香蕉了。”绿豆豆伤心地看着红豆豆。

红豆豆的眼睛一转，朝万尔福舅舅的厨房跑去。一会儿，她跑回来说：“表舅舅，我们画香蕉的时候，你要闭上眼睛。”

长腿表哥说：“我明白了，你是不想让表舅舅吃这只香蕉，对不对？”

红豆豆说：“我和绿豆豆都不爱吃香蕉，一画完香蕉，我们就把香蕉放进你的嘴里。”

“那好吧，你们真是我的好外甥女，不过，要快点哟！”长腿表哥闭上了眼睛。

红豆豆朝绿豆豆使了个眼色，从口袋里拿出一只大辣椒，让绿豆豆放进长腿表哥的嘴里。绿豆豆不敢，吓得直往后退。红豆豆想放，可她也不敢。最后，红豆豆和绿豆豆一起拿着辣椒放进了长腿表哥的嘴里。

长腿表哥美美地用力咬了一口，忽然，他的眼睛一下瞪得像大街上的车灯，咧着嘴大叫一声：“啊——”

只见长腿表哥被辣得两只耳朵眼里冒出一股浓烟来，他带着浓烟像一辆救火车一样叫着消失在远处。

红豆豆和绿豆豆相视一笑，忽然笑容一收，她们的手同时伸向盘子，青香蕉被一分为二。红豆豆和绿豆豆一齐把香蕉塞进嘴里咬了一口，刚嚼了两下，她们的嘴巴都张不开了，眼睛瞪得溜圆。

青香蕉，好涩哟！连吐都吐不出来。

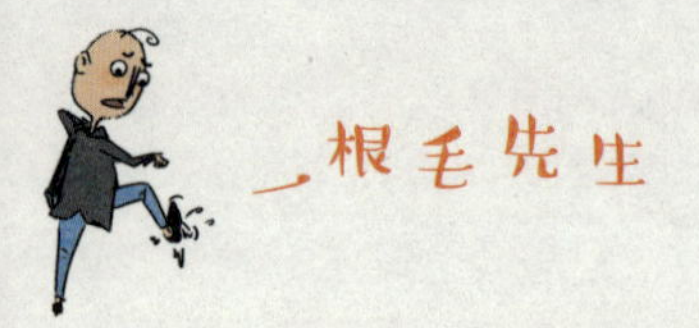

关于头发的噩梦

花朵给万尔福打电话。

“万尔福，今天无论如何，你一定要陪我看电影，今天的电影是……”

万尔福心情很糟糕，花朵的喋喋不休，更增添了万尔福的烦恼。花朵越说越多，震得万尔福耳朵嗡嗡响。万尔福生气地大叫道：“花朵，闭上你的嘴，我才不会跟你一块看电影。你的头发又乱又多，跟你走在一起，就像跟一座大山走在一起，我永远都在你的阴影里，哼，我才不要生活在你的阴影里。我不跟你一块看电影，就是跟一个稻草人一块看电影，也不要跟你一块去！”

说完，万尔福狠狠地挂了电话。

花朵对着“嘟嘟”叫的电话，气得发疯：“万尔福，你怎么可以这样对待一个像棉花糖一样软弱的姑娘，我会伤心的！”

万尔福早放了电话，他正躺在床上生闷气呢。

正当万尔福躺在床上一肚子气的时候，他的门被狠狠地踢开了，闯进来两个恶魔，一个红眼睛，一个绿眼睛。

“你是万尔福吗？”红眼睛的恶魔问。

“是的。这儿没别人叫万尔福。”万尔福的怒气还未消。

绿眼睛恶魔说：“一听你的声音就知道你叫万尔福。站起来！”

万尔福说：“我为什么要站起来，这是我的床。”

红眼睛恶魔说：“因为你严重地冒犯了一位美丽而多情的小姐，所以，你要受到惩罚。”

红眼睛恶魔的话音刚落，绿眼睛恶魔过来一把揪住了万尔福的唯一的那根头发。

“你们要干什么？”万尔福吓得大叫。

“送给你一点小小的惩罚。别大惊小怪的，不然，有你好瞧的。”

红眼睛恶魔用一根棍子敲了敲万尔福的脑袋，对绿眼睛恶魔说，“开始跳吧。”绿眼睛恶魔便抓住万尔福的头发用力晃了起来。头发越晃越高，红眼睛恶魔把万尔福的头发当跳绳跳了起来。他跳一个，绿眼睛恶魔就数一个。可是，红眼睛恶魔不会跳，总是被头发绊倒，每绊一次，万尔福的心就剧烈地疼痛一次。两个恶魔却高兴得大声怪笑。

轮到绿眼睛恶魔跳了，绿眼睛恶魔说：“我要在头发丝

上跳舞。”

“噢，你不能这样！”万尔福大叫。

“闭嘴！这里轮不到你说话！”绿眼睛恶魔训斥万尔福。

红眼睛恶魔把万尔福的头发拉成一条直线，绿眼睛恶魔在地上轻轻一弹，像一只蚂蚱一样跳上了万尔福的头发，在万尔福的头发上耍起跟头来。万尔福痛得“哇哇”大叫，红眼睛恶魔却越跳越欢，直到累得呼呼喘气才停下来。

这时，绿眼睛恶魔笑着问：“大哥，跳半天也累了，也饿了，该弄点东西来吃了。我看就把这根头发拔下来当面条煮，你看咋样？”

红眼睛恶魔点头称赞：“这个主意妙，快动手把头发拔下来。”

绿眼睛恶魔一听，拉住万尔福的头发就往下拔。

“啊！”万尔福大叫。

绿眼睛恶魔说：“大哥，快来帮个忙，这个人一叫，我的手就吓软了。”

红眼睛恶魔笑话绿眼睛恶魔：“你真是个胆小鬼，不配当恶魔，瞧我的！”

红眼睛恶魔说着就过来和绿眼睛恶魔一起齐心协力地拔万尔福的头发。万尔福觉得自己的头发马上就要被拔下来了，他可只有这一根头发呀！于是，他拼命地大喊道：“救命啊！救命啊！”

“万尔福，别怕，我来啦！”

万尔福听见花朵的声音由远而近，音落人到。只见花朵一手抓住红眼睛恶魔，一手抓住绿眼睛恶魔，把他俩的头往一块一碰，只听“刺啦”一声，红眼睛恶魔和绿眼睛恶魔化成了两朵红色的火苗，留在花朵手里的是两根火柴。万尔福紧紧地捂住他唯一的一根头发问：“怎么回事？”

花朵说：“不过是两根火柴，一根红头火柴，一根绿头火柴，就把你吓成这个样子。刚才你还说不跟我一起看电影，没有我，你的头发早完了。”

万尔福摸摸好好长在头上的头发，高兴得放声大笑。

这一笑，把他从梦中笑醒了，原来刚才是一个可怕的梦。梦中的花朵真勇敢，选她做女朋友可真不赖，他想想刚才那样对待花朵，心里很惭愧。他急忙给花朵打个电话：“喂，是花朵吗？我想请你去看电影。”

电话那头传来花朵愤怒的声音：“闭嘴，我才不会跟你这个一根毛去看电影，永远也不会跟你一块去看，我就是跟稻草人一块去看，也不会跟你一块去看！”万尔福拿着电话愣了，他耸了耸肩膀说：“刚才还好好的，说变就变，真让人不明白。”

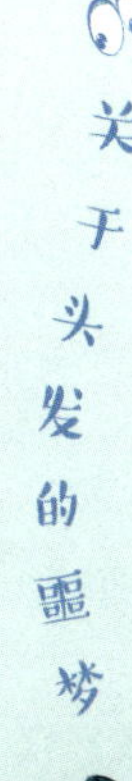

会哭的花朵才温柔

花朵在看一本杂志，“哗啦哗啦”翻过来，“哗啦哗啦”翻过去。花朵喜欢看杂志上女明星漂亮的衣服和妆容。忽然，花朵被一行大字吸引住了，这行蓝色的大字写道：姑娘爱哭才显得温柔。

“怪不得我吸引不住万尔福，原来我是一个不爱哭的姑娘！”花朵恍然大悟。

“让我来问问万尔福，看他是否喜欢爱哭的姑娘。”花朵拿起电话，“喂，万尔福，你是不是喜欢爱哭的温柔的姑娘？”

万尔福正听着音乐，心情不错，随口说道：“当然喜欢。”

“哇，我终于找到了迷住万尔福的办法，我要成功啦！”花朵放下电话欢呼雀跃。

怎样才能变得爱哭，进而打动万尔福，迷住万尔福呢？花朵在屋子里走来

走去，苦苦思索。她想等眼泪一出来，马上去找万尔福。

花朵皱着眉头想啊想，想一件最令她伤心的事。好像她

没有什么伤心的事，因为她从小到大，都是妈妈的心肝宝贝，妈妈觉得花朵是这个世界上最美丽的女孩，因为她长得是那样胖，妈妈永远喜欢胖乎乎的花朵。如果妈妈不那么喜欢我就好了，我就会有一些伤心的事，就可以流泪了，唉，长得太漂亮了，有什么办法呢！忽然，花朵想起她曾经有一次肚子痛，她咧开嘴，装出一副要哭的样子。可嘴咧了半天，她也没有哭出来。那次肚子痛的时候，她都没有哭，更不要说现在肚子一点都不痛了。

花朵继续皱着眉头想主意，对，用辣椒辣眼睛，一定能把眼泪辣出来。她找到一只通红的尖辣椒，一掐两半，朝两只眼睛上揉去。直揉得两眼冒火星，辣得她“哇呀哇呀”大叫，一蹦三尺高，也没把一滴眼泪辣出来。

花朵眉头皱得更紧了，她猛然想起风吹进眼睛里会流泪，电影里就是这么演的。一个姑娘哭了，如果她不想承认她哭了，就说是风把沙子吹进了她的眼里。看来，让风把沙子吹进眼里这一招挺管用。花朵急忙冲到外面去，可是老天却跟她作对，一丝风也没有。花朵气得直跺脚。

花朵又想起在哪儿听到过一句这样的话：鼻子一酸哭了起来。对，让鼻子发酸，就可以让眼泪流出来了。可是鼻子又不会自己发酸，花朵狠了狠心，捏紧拳头，像炸弹一样朝

自己的鼻子捶去，只听“哎哟”一声，花朵把自己打倒在地，捂着鼻子半天动不了。她找来一面小镜子看，自己的鼻子成了红彤彤的西红柿。可摸摸眼角，连湿都没湿。

花朵失望了，她的眉头又一次皱起来。谁知她刚一皱眉头，就觉得脸上一阵火辣辣的痛，像有人在使劲揪她的脸。出什么事啦？花朵拿出镜子，她看见镜子里的自己有了一张皱巴巴的老太婆的脸。“啊，我原来的脸没有啦！”花朵大叫，在地上东找西找，又蹦又跳，两手用力拉扯那张不属于自己的脸。“啊，我的脸呀！我的脸呀！”花朵叫着叫着，不知不觉泪流满面。当花朵摸着皱纹里的泪水时，她笑了，拔腿朝万尔福的家跑去。

花朵站在万尔福的家门口，放声大哭，眨眼间，地上哭出一个水坑，哭出一个水池，一条小溪，“哗啦啦”，万尔福一不小心，被冲出了屋子。

当他一眼扫见花朵的皱纹脸时，吓得晕倒在泪的小溪里，转眼间被冲得无影无踪。

花朵被眼前的情景惊呆了，她一抹眼泪，脸又恢复成原来的模样。她恨恨地把手里的杂志撕个稀烂，扔到泪溪里：“骗人，什么姑娘的眼泪能迷住男朋友的心，我的眼泪都把男朋友冲走了。”说着，她一头扎进泪溪里，大叫一声，“万尔福，别怕，我来救你！”

与众不同的绿豆豆

绿豆豆很伤心，这一点也不奇怪，因为她经常伤心。她坐在窗户前，眼泪汪汪的。

万尔福舅舅问："你怎么啦，绿豆豆？"

红豆豆回答说："她的老毛病又犯了，她在伤心。"

绿豆豆委屈地说："不是什么老毛病，是新毛病啊。"

"是什么新毛病呢？"红豆豆和万尔福舅舅都很关心。

"我觉得我和别人都不一样，为什么我和别人都不一样呢，我要成为一个和别人一样的人。"绿豆豆一脸的忧愁。

"谁说你跟别人不一样，我就跟你一模一样。"红豆豆往绿豆豆身边一站。

万尔福舅舅咂着嘴说："你们两个长得就像一个人一样，要是你们穿着同样的衣服，谁也分不清谁是红豆豆，谁是绿豆豆。啊，我有一个主意，你们俩换换衣服，绿豆豆就会觉

得自己像红豆豆，就不会感到孤单了。你们说我这个主意怎么样？”

红豆豆一听说什么也不同意：“我可不想成为绿豆豆，她天天都在发愁，我是一个快活的小孩。”

“对，我就是想成为一个像红豆豆那样的快活的小孩。”绿豆豆点头说。

“好吧，红豆豆，你就和绿豆豆换换衣服，让绿豆豆高兴高兴。”

万尔福舅舅劝说红豆豆。

“不行。”红豆豆想了想说，“除非舅舅给我三个冰激凌，十块巧克力。”

“好，我答应你，外加两包棉花糖，三袋鱼排。”

红豆豆愉快地答应了。

红豆豆和绿豆豆换了衣服。

绿豆豆穿上红豆豆的红衣服，顿时又唱又跳，快活得如同一只红色的小鸟。

绿豆豆说：“当红豆豆真开心。我要永远当红豆豆，我连名字也要改成红豆豆。”

红豆豆立刻反对：“不行，我可不要跟你换名字，我的名字是天底下最好听的名字！”

“你现在穿绿豆豆的衣服，名字就得叫绿豆豆，万尔福舅舅给你买来这么多好吃的。”

“对呀，红豆豆，我给你买来这么多好吃的，你就把名字也跟绿豆豆换了吧。”万尔福舅舅央求红豆豆。

红豆豆虽然不乐意，可看见眼前堆着的一大堆零食，只好不情愿地点点头。

绿豆豆开心极了，她咯咯地笑着跑来跑去。万尔福见绿豆豆高兴，也忍不住哈哈大笑，还故意把绿豆豆喊成红豆豆。红豆豆在一边听着，心里难受极了。

“噢，我得想个主意，把我换回来。”红豆豆吃着巧克力，故意把黑色的巧克力抹得满脸都是，还咯咯地傻笑。

绿豆豆不高兴地说：“我吃巧克力的时候，从来没有弄到脸上。”

“现在我是绿豆豆，你不要管我。”说着，红豆豆还把冰激凌的奶油滴到裙子上。

“你弄脏了我的裙子！”绿豆豆叫。

红豆豆不理她，大口大口地往嘴里塞棉花糖，样子十分难看。

“我吃棉花糖的时候是一粒一粒地吃的。”绿豆豆忍住火说。

红豆豆装着没听见，开始吃鱼排，哇，她吃鱼排的样子更恐怖了，像一只发怒的小狗一样，露出雪白的牙齿，喉咙里“咕噜咕噜”响，鱼排在她嘴里发出“咯吱咯吱”刺耳的声音。

绿豆豆再也忍不住了，她大叫一声：“还我的衣服，我不想再当红豆豆啦！”

红豆豆正吃得开心，抱着零食四处躲避绿豆豆：“不，我还没当够绿豆豆呢，当绿豆豆可以随便吃东西，可以把裙子弄脏，可以把自己弄得乱七八糟，我还要当绿豆豆！”

绿豆豆一听气得脸都红了，拔腿去追红豆豆。红豆豆跑得快，绿豆豆在后边追得气喘吁吁。

万尔福躺在椅子上哈哈大笑：“哈哈，只有当自己才会珍惜自己。这一次，绿豆豆一定会牢牢地记住的。哈哈哈！”

最温柔的花朵

花朵正唱着歌儿做一件花裙子，这件花裙子可不是一般的花裙子，是一件用松软的棉花做的裙子。做好后，她穿在身上，本来高大肥胖的花朵显得更加肥胖了。肥不肥，花朵没去在意，她只是用手在花棉裙上摸来摸去。

“啊，我敢打赌，我是这个世界上最温柔的姑娘。我穿这件柔软的裙子，一定能把万尔福这个冷冰冰的家伙融化了。”花朵在镜子前激动万分。

花朵穿好她的最温柔的棉花裙，又在嘴里含了一块甜蜜蜜的糖：“嗯，棉花裙加蜜糖，这两个温柔的炸弹一定会把万尔福炸得晕晕乎乎，那时候，他就会对我说，花朵，我们马上就结婚好吗？哈哈，真是妙啊，只有我花朵才能想出这么高明的点子来。”

花朵唱着幸福的歌儿来到了万尔福的家。

万尔福正看一本有关保护头发的书，他看得正入神，忽

然听见背后有一个甜腻腻的声音叫道：“万——尔——福”吓得万尔福差点没从椅子上掉下来。

“万尔福——”花朵转到万尔福的前面，含着糖的嘴说话像猫叫。

“你……你……你怎么啦？”万尔福吓得直往后退。

“万尔福，你看我的裙子漂亮吗？”花朵又用猫一样的声音说。

万尔福上下打量花朵：“你怎么一下子又胖了很多？”

“不，你来摸摸我的裙子，你会大吃一惊的。”花朵抓过万尔福的手。万尔福的手哆哆嗦嗦地伸过去，他捏了捏花朵的裙子，奇怪地问："你的裙子里怎么装了这么多棉花？你穿的到底是裙子，还是棉大衣？"

花朵听了有点不痛快，她假装没听见万尔福的话，又含着糖唱起甜腻腻的歌儿，边跳边像大肥猫一样扭来扭去，"万尔福，我爱你——我爱你——"

万尔福听得头皮发麻，耳朵发痒，他吃惊得眼珠子都要从眼睛里掉下来了。他怀疑花朵疯了。花朵的歌声不时地把他从椅子上震下来。花朵又恼火地把万尔福摁坐在椅子上。可当花朵唱最后一个颤音的时候，万尔福又一次从椅子上掉下来。

花朵的肺都气炸了，她"噗"地吐掉嘴里的糖，三两下扯去身上的棉裙，大吼一声："哼，万尔福，你还有没有良心？我声音大，你吓得从凳子上掉下来，我的声音小了，你也吓得从凳子上掉下来。我硬梆梆的你不喜欢，我温温柔柔的你也不喜欢，这到底是怎么一回事？"

花朵说完，气冲冲地从糖和棉裙子上踏过去，"嗵嗵嗵"地走了。

万尔福抹了一把脑门上的汗，露出了笑容："啊，这才是真正的花朵啊。她没有疯，我放心了。"

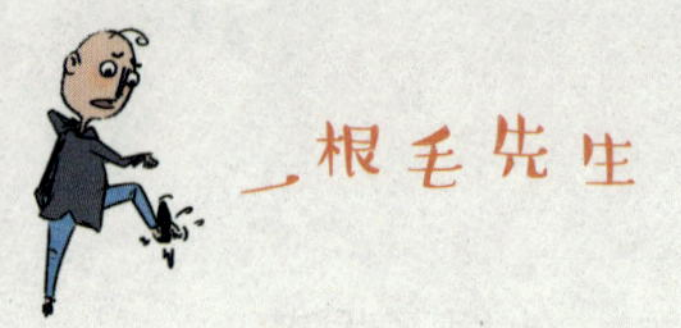

一根毛的大灰狼

“万尔福舅舅！万尔福舅舅！”

绿豆豆像只快乐的绿色鸟飞进万尔福的家。

万尔福正在对着镜子整理头发，用摩丝往发梢上喷，以便让发梢翘得更高一点。这样的发型才显得帅。绿豆豆跑到镜子前，歪着头笑眯眯地看着万尔福舅舅。

“什么事这么高兴，绿豆豆？”万尔福回过身来问。

“幼儿园演节目，我扮演小白兔。”绿豆豆像一只兔子一样转了转眼睛。

“这真不错。那么，红豆豆扮演什么呢？”万尔福问。

绿豆豆朝外面望去，红豆豆正靠在门边瞪着眼睛、鼓着鼻孔呼呼喷气呢。

“噢，红豆豆，你好像一只大灰狼。”万尔福哈哈地笑着说。

“万尔福舅舅，连你也说我像大灰狼。我身上连一根大灰狼的毛都没有，哪儿像大灰狼？为什么绿豆豆不像大灰狼，就我像？”红豆豆委屈得快要流泪了。

“红豆豆，我不过是跟你开个玩笑，还有谁说你像大灰狼？”万尔福问。

“老师让我扮演大灰狼！可我一点都不想当大灰狼，我想当小白兔。绿豆豆，你来当大灰狼好吗？”红豆豆可怜巴巴地望着绿豆豆。

绿豆豆两手交叉放在膝盖前，细声细气地说：“你看我哪一点像大灰狼呀？”

红豆豆叹口气说：“唉，你真的太像小白兔了。你简直就是一只真正的小白兔。老师说，要是我能找到当大灰狼的人，我就可以当小白兔。可谁愿意当大灰狼呢？”

红豆豆和绿豆豆的眼睛一齐转向万尔福舅舅。

“你们为什么这样看着我，是不是我很像大灰狼？”万尔福浑身不自在地问。

红豆豆和绿豆豆齐声回答：“像！”

万尔福摸摸他仅有的那根头发说：“那我就是一根毛的大灰狼。如果你们老师不嫌我这个大灰狼长得丑，我倒是可以去扮演一次大灰狼。”

“噢！”红豆豆和绿豆豆一同欢呼起来，轮流上前亲一根毛大灰狼的脸。

于是，一根毛大灰狼带着双胞胎小白兔朝幼儿园走去。

老师见万尔福自告奋勇来当大灰狼，又意外又高兴，对当小白兔的小朋友们说：“我们都来欢迎大灰狼，鼓掌！”

小白兔们都很响地鼓掌，一根毛大灰狼说：“我一定争取演得比大灰狼还像大灰狼。”

红豆豆、绿豆豆和其他扮演小白兔的小朋友们穿上小白兔的外套，准备演出。万尔福也穿上扮演大灰狼的外套，啊，他那么瘦，肚子那么扁，真是一只可怕的饿狼。他穿上狼外套，走三走，晃三晃，吓得小白兔们直打哆嗦。

演出开始了，红豆豆和绿豆豆扮演的小白兔十分出色，万尔福扮演的大灰狼当然更没的说。因为演得太像，结果出了问题，小白兔们把万尔福扮演的大灰狼当成了真正的大灰狼。当演到小白兔们团结起来痛打大灰狼的时候，小白兔们一齐扑上来，举起兔拳兔爪子撕打大灰狼。红豆豆和绿豆豆为了把小白兔演得更像，兔拳像雨点一般落在大灰狼身上。这样，红豆豆还觉得不够，她一用力把万尔福的狼头套拽了下来，这下可了不得了，万尔福的光头和那根仅有的头发就露了出来。

“把大灰狼的一根毛拔下来！”红豆豆举起愤怒的兔拳。

小白兔们一听，尖声大叫着过来抓住了万尔福的头发。

万尔福小声提醒红豆豆说：“我不是真的大灰狼，我是你的万尔福舅舅呀！”

红豆豆扮演的小白兔已经发疯了，她红着眼睛用力拉万尔福的头发。绿豆豆在一边帮红豆豆说话：“万尔福舅舅，你忍着点痛，这是在演戏，要坚持。”

可是，万尔福再坚持，他唯一的一根头发就要遭殃了。他一甩狼头，小白兔就倒了一大片。一大群小白兔也不是一只大灰狼的对手，哪怕他只有一根毛。万尔福捂着他的头发就跑。小白兔们一见，大声嚷嚷道：“抓住大灰狼，别让他逃跑啦！”红豆豆和绿豆豆就冲在兔子们的前列。

万尔福一看大事不妙，夹着狼尾巴逃跑了。再不逃，他那根仅有的头发，就要被小兔子们生生地拔掉了。

什么是最大的幸福

天空刮着些微风，树上飘着鸟儿们的歌声。院子里有花草，花草旁边有一把躺椅，躺椅上躺着看书的万尔福。唉，世界上没有比这更美的风景了，如果不是煞风景的长腿表哥敲开了大门的话。

“万尔福，你可真幸福，如果有我坐在你身边跟你聊天的话，你就会更幸福。你不这样认为吗？”长腿表哥搬了一把椅子坐在万尔福的对面。

万尔福放下书，把一只蝴蝶挥赶到花儿上。他对长腿表哥说：“我有我对幸福的看法，你有你对幸福的看法，咱们俩对幸福的看法不一样。”

“你觉得什么是最大的幸福？”长腿表哥半张着嘴问，他的样子显得有点傻。

万尔福说：“我最大的幸福是什么呢？嗯，大概是长一

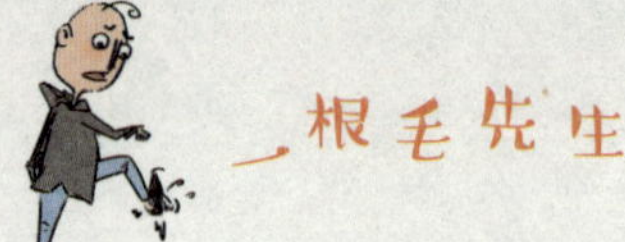

头浓密的头发。不过有一根头发也很幸福，总比没有好。”

“你还没有说出什么是你最大的幸福呀。”

“也许有一个漂亮的女朋友是我最大的幸福，可是有了丑一点的花朵我也很幸福，总比没有好。”

长腿表哥听了一脸得意地说：“这两个幸福都不是你最大的幸福，我来告诉你你最大的幸福是什么——那就是和我聊天。”

万尔福连连摇头：“不不不，你误会了。我……”

长腿表哥打断万尔福的话：“我长了一头浓密的头发，我一点也感觉不到幸福。我有一个黄脸婆妻子，我更感觉不到幸福。你有两个幸福，我连一个幸福都没有，这多么不公平。你就可怜可怜我吧，让我跟你聊一回天。聊天才是我最大的幸福。”

万尔福抱歉地说：“你最大的幸福是我最大的痛苦，你听了我的话一定不要伤心，你最大的幸福要不是聊天是别的该多好。”

“求你了，让我幸福一天吧！”长腿表哥可怜巴巴地说。

“噢，表哥，我们俩的幸福正好相反。唉，这是多么美好的一天，真可惜。好吧，你要跟我聊多长时间呢？希望短一点。”

“当然是从现在到明天早晨。”长腿表哥马上兴奋起来。

“不行，时间太长。”万尔福捂住耳朵。

“好吧好吧，到夜晚十二点。”

“太长。”

“到夜晚十一点。”

“再短一点。”

“十点。不能再短了。”

“不，只谈一个小时，多一分钟我也不听。”

“一个小时，天哪！”长腿表哥痛苦得额头上挤出了好几条皱纹。

“怎么样？不然，一个小时也取消。”万尔福毫不客气地说。

“好吧。”长腿表哥勉强答应，“你现在该把手从耳朵上拿开了吧。”

万尔福的手刚拿开，长腿表哥就露出一副喜气洋洋的样子，打开了话匣子。这话匣子一打开，他就关不住了，越说越多，越说越快，说得万尔福只看见他的一张嘴在不停地动，说得万尔福头昏脑涨。万尔福目不转睛地盯着钟表，恨不得用目光推动时针，他嘴里默念：“快点结束，快点结束。”幸好一个小时到了，万尔福连忙打断长腿表哥的话头。

“停停停，时间到了。”万尔福拒绝再听，双手紧紧地捂住耳朵。

长腿表哥正说到高兴处，哪里停得下来，他把万尔福的手从耳朵上拉下来，继续叽里咕噜地说下去。万尔福忍受不了，拔腿要逃跑。长腿表哥哪里肯放他走，牢牢地捉住他，把他押进屋里，两手绑在椅子上，两脚绑在桌腿上，他自己趴在地上，嘴巴对着万尔福的耳朵眼无休无止地说起来。

长腿表哥一脸幸福地从万尔福屋里出来时，已是第二天早晨。

听长腿表哥聊了一夜天的万尔福已经痛苦得奄奄一息。他的右耳朵肿得像个巨大的海螺，那是听长腿表哥聊天累的。看着长腿表哥的背影，他后悔地说：“我为什么要跟长腿表哥谈论什么是最大的幸福呢？我最大的幸福就是不和长腿表哥聊天啊！”

长腿表哥改行

星期天，万尔福、花朵带着红豆豆和绿豆豆去公园里写生，这是一个难得的机会。红豆豆和绿豆豆背着个大画夹，准备把万尔福和花朵画进她们的画里。

“你们一定要把我画得瘦一点，因为我正准备减肥，不然，过两天画里的我就不像我了。”花朵说。

“那我把你画多瘦才好呢，要是画得跟骷髅那么瘦，就太瘦了。”红豆豆思考着说。

花朵一听，瞪圆了眼睛。

绿豆豆慢吞吞地打断红豆豆的话：“红豆豆，你这样说话是不礼貌的，花朵永远不会长得跟骷髅那么瘦的。她会比骷髅胖一点点。是不是，花朵？”

花朵说：“这个这个……”

万尔福哈哈大笑，他对花朵说：“多么天真的孩子呀！你见过这么天真的孩子吗？”

花朵只好难看地笑了一下说：“没见过，从没有见过。”

他们正说着话，长腿表哥一溜烟地跑过来，拦住他们的

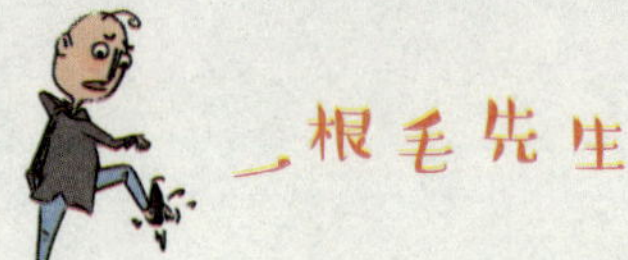

去路，哈哈大笑着说："告诉你们一个好消息，我改行了！"

花朵对长腿表哥改行这件事一点也不关心，她把头高傲地仰起来。

"你改了行去做什么呢？"万尔福只好停下来问。

"改行说评书。"长腿表哥晃了晃手里拎着的一大兜东西，兜里的东西叮叮当当直响。那里面有碟子、碗、盆、罐子、大鼓等能发出很大响声的乱七八糟的东西。

"好吧，祝你成功，表哥。"万尔福想，这一下可摆脱了长腿表哥，他说评书，再也不会找我聊天了。

"我当然会成功。"长腿表哥很自信。

"再见，长腿表舅。"红豆豆和绿豆豆早就忍不住了。

"哼！"花朵用鼻子发出声音，算是告别。

没想到长腿表哥一伸长腿拦住了他们的去路："哪里去，我是特意来演出给你们听的。不听完，谁也别想走。"

长腿表哥把兜里的东西动作麻利地掏出来，在他们的前面摆成个"一"字，叉开两腿，手里拿着一根筷子当鼓槌，好像一个指挥家手里拿着指挥棒。

万尔福、花朵和红豆豆、绿豆豆只好站在那里，听长腿表哥说评书。

长腿表哥又得意又紧张，他举起筷子先在碟子上敲，边敲边叽里呱啦嚷嚷。红豆豆问："长腿表舅在嚷嚷什么？"

万尔福回答："也许他不是在嚷嚷，大概是在说评书。"

"哼，比和他聊天更让人烦。"花朵鼻孔都仰上了天。

"别说话，你们得尊重我的演出，懂吗，我不找你们收费，你们应该感到很荣幸。现在我来换一种乐器。"长腿表哥说着，把筷子移到了碗上，又开始了他的叽里呱啦。

绿豆豆说："要是长腿表舅光敲碗，别说话，我们会爱听一点。"

"长腿表舅好像不是个演奏家。"红豆豆告诉绿豆豆。

花朵的两条眉毛都竖了起来，她对万尔福说："长腿表哥若是伤了我的耳朵，我一定要找他索赔。"

只有万尔福笑眯眯的。

长腿表哥的筷子又从碗上移到了盆上，那只破盆的盆底，敲起来格外响亮。长腿表哥嚷得也更加响亮了。

花朵、红豆豆和绿豆豆不得不捂紧耳朵。

长腿表哥沉浸在他的敲击声和嚷嚷声中，当他正说得无比兴奋的时候，忽然发现除了万尔福，大家都在捂着耳朵时，他简直气坏了，拿起大鼓，在每个人的耳边都狠狠地敲一下。在红豆豆耳边敲一下，红豆豆被震到半空中。在绿豆豆耳边敲一下，绿豆豆也被震到半空中。在花朵耳边敲时，花朵被震到半空中掉下来，正砸在长腿表哥的头上，长腿表哥被砸倒在地。

花朵一把抓起长腿表哥，把他摁在地上，踏上一只脚，又把长腿表哥的碟子、碗、盆、罐和大鼓，摔个稀巴烂。她眼睛里喷着火星问："以后还敢不敢再说评书？"

长腿表哥说："好汉不吃眼前亏，我不说评书了。那我改行说相声行不行？"

"不行！"花朵坚决地说。

"那我就改行当个演说家。"

"不行！"

"也许我可以当个老师。"

"不行！"

"那你让我当什么呀？"

"当一个紧闭嘴巴不说话的人。"

长腿表哥一听瘫在地上："那我只有干自己的老本行——当会计了。我讨厌这个职业，我得天天趴在那儿写数字，一句废话也不能说。一个人长着嘴却不能不停地说话，活在这个世上还有什么意思呀！"

长腿表哥几乎要哭了，直到他答应干他的老本行，花朵才把脚从他的身上挪开。

长腿表哥刚站起来，便一溜烟地跑掉了，他怕花朵再把他踩在脚下。

假发飘飘

万尔福在躺椅上看他的新买的保护头发的书，外面响起红豆豆和绿豆豆欢快的叫声。

“万尔福舅舅！万尔福舅舅！”

随着叫声，大门“哗啦”一下打开了。红豆豆和绿豆豆像两只小鸟飞到万尔福的身边。

“什么事，两只小鸟？”万尔福放下他的书问。

“我和绿豆豆画的画得奖了，下午要发奖，要我们的指导老师讲话。”红豆豆晃着万尔福的左胳膊。

“万尔福舅舅，虽然我们是天才，可也得有个指导老师呀。”绿豆豆晃着万尔福的右胳膊。

“啊，指导老师呀，当然是我——你们的艺术家舅舅啦！”万尔福非常得意地说，“你们不会忘记谁给你们买了很多静物吧？还有，我给你们的画提出了那么多宝贵的意见，

我还帮你们修改过画呢。”

“是啊，你把我画的大狗都涂成了一团黑。”红豆豆仰起脸笑眯眯地说。

“是啊，你把我画的小兔都涂成了黑一团。”绿豆豆笑眯眯地仰着脸说。

哈哈哈，万尔福跟红豆豆和绿豆豆一块笑起来。

“只是，万尔福舅舅，你一点都不像艺术家。你才一根头发。”红豆豆觉得有点遗憾。

“艺术家都有一头长头发，有的还扎着一个小辫子。”绿豆豆补充道。

万尔福着急了：“那怎么办呢，我一时半会儿也长不出一头长发呀。”

红豆豆和绿豆豆出主意说可以用她们妈妈新买的假发，万尔福认为这个主意不错。红豆豆和绿豆豆飞快地跑回去偷来妈妈的假发，给万尔福舅舅戴上。

啊，万尔福这下像个艺术家的模样了。

“万尔福舅舅，这假发是妈妈的宝贝，你用完一定要还给妈妈哟。”

红豆豆有点不放心。

绿豆豆笑了：“妈妈知道万尔福舅舅从小到大就长过一

根头发，他骗不了妈妈。”

颁奖大会就要开始了，万尔福甩着他的艺术家的长发，坐在主席台上。大会主席是一位美丽的长着浓密长发的小姐，她看见长头发的万尔福，很友好地朝他笑笑。万尔福心里有些美美的，还故意地甩了甩假长发，这样显得更像艺术家一些。

大会主席长发小姐开始讲话了，她的话真是像她的头发一样又多又长。万尔福坐在那里很焦急，他的头第一次戴假发一点也不舒服，不是这儿痒，就是那儿痒。他难受得只好搔搔这儿，又搔搔那儿。结果三搔两搔就把假发给搔了起来，在头上乱转圈儿。这时，天空正刮着大风，“呼”的一下，万尔福的假发被吹了起来，吹到空中，在空中打着旋儿。人们张大了嘴巴，仰着脖子往天上看，只有主席长发小姐还在津津有味地讲话。万尔福担心地看着空中的假发，要是刮走了，姐姐非找他算账不可。

风终于停下来，悬在空中的假发落下来，万尔福正想站起来接住它，没想到“啪嗒”一下，假发落在正兴致勃勃讲着话的主席长发小姐头上。主席长发小姐吓了一跳，以为是什么可怕的怪物落到了她头上，吓得她尖叫一声毫不犹豫地抓起头上的东西就朝台下扔去。

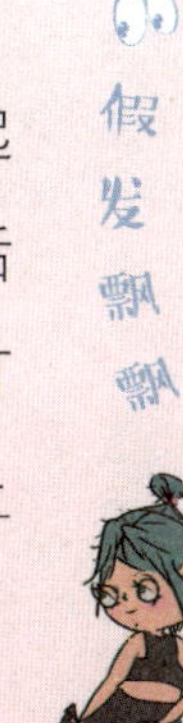

“哇——”

台上和台下的人们都发出一片惊叫声，万尔福仔细一看，原来主席长发小姐变成了光头，她头上戴的假发，连同落下来的假发一块儿被她扔到了台下。万尔福抱歉地捂住了眼睛。

当主席长发小姐发现她的长发没有了时，她像被马蜂蜇了一下似的，捂着光头像汽笛一样大叫着跑下了主席台。

万尔福也慌忙跑下主席台去找假发，只见红豆豆、绿豆豆挤过来，把假发往万尔福手里一塞，悄声说:“万尔福舅舅，我们快跑！”

万尔福紧紧抱住假发，和红豆豆绿豆豆一起飞一般地逃走了。

给聊天助兴的酒

星期天，万尔福情愿跟花朵去看早场电影，也不愿听长腿表哥聊天。那是令万尔福最痛苦的事情。

这个星期天，万尔福要痛苦两回。早晨，他陪花朵看了早场电影，他从来没有看过这么无聊的电影。好不容易到了下午，长腿表哥的电话打了过来。

“万尔福，把觉睡足，今天晚上，我要找你聊天。”

“天哪！”万尔福差点晕了过去。

“我得想一个办法堵住长腿表哥的嘴。”万尔福在屋里走来走去，对，长腿表哥爱喝酒，去灌一壶酒来。

万尔福灌了一大壶烈性酒，哈哈，像这样的烈性酒，长腿表哥一喝就醉，看他怎么聊天。他把酒倒进杯子里，等着长腿表哥。他把一本有关保护头发的书放在一边，这本书幽默极了，等长腿表哥一喝醉，他就躺在躺椅上，舒舒服服地

看这本书。

“万尔福！你的觉睡足了吗？”

老远，就听长腿表哥在外面喊，待他的声音一落，人已经进了屋里。长腿表哥走路就是这么快，这样才不辜负他长着两条长腿。

“好香的酒哇，有酒才好给聊天助兴。万尔福，你从来没有对我这样好过。有没有花生米？”

万尔福从冰箱里端出一盘香喷喷的花生米。

“有酒有花生米有天可聊，真是太美啦！”长腿表哥喝了一口酒，往嘴里扔了一颗花生米。忽然，他看见放在旁边的书，一把抓过来说：“我们只聊天，不看书，世界上最没意思的事，就是看书。”

长腿表哥说着，把那本有关保护头发的书塞进屁股下边坐着。万尔福心疼得牙都疼了。

长腿表哥提议说：“外面说话天太冷，咱们躺在被窝里聊天怎么样，啊，真是个妙主意！”

长腿表哥把万尔福摁在被窝里，他端着酒和花生米也钻进被窝里。

“啊，暖和极了，真舒服，我可以聊一整夜的天。”长腿表哥兴奋得满脸红光闪闪。

万尔福在心里祝愿："长腿表哥快点喝醉，长腿表哥快点喝醉！"

万尔福给长腿表哥倒了一杯酒说："我敬你一杯。"

长腿表哥一饮而尽，拉住万尔福的手说："万尔福，你不光是我的表弟，还是我的知音。我打个比方吧，假如我是水，你就是水缸；假如我是桃，你就是筐；假如我是痰，你就是痰盂；我是垃圾，你就是垃圾箱；我是……"

"长腿表哥，我不是痰盂，也不是垃圾箱！"万尔福生气了。

长腿表哥慌忙道歉说："对不起，酒让我很兴奋，一兴奋就想打比喻。"

"你说错话了，这一杯酒是罚你的。"万尔福又给长腿表哥端了一杯酒。长腿表哥一次喝干了，赞叹道："好酒好酒，有了这样好的酒助兴，我聊两天两夜都没问题。"

万尔福听了不禁打了个寒战，不过，哼，不信这样烈的酒就灌不醉他！

今天晚上，长腿表哥格外激动，他边喝酒，边吃花生米，边聊天。他兴致勃勃，聊到高兴处，哈哈大笑，震得整个屋子直颤动。万尔福假装两手托着腮帮子在听，其实却是在用手捂着耳朵。实在忍受不住了，他就端起酒杯，给长腿表哥

敬酒。长腿表哥毫不介意，接过来就喝个干净。他不但没醉，他泛着红光的脸还更加精神，嘴巴一刻也不停，声音忽高忽低，忽长忽短。

万尔福的脑子里像有一列火车在开，“轰隆隆轰隆隆”。忽然，长腿表哥的声音停止了，只见他一把将盘子里的花生米抓在手里，用力一搓，再伸开手“呼”地一吹，花生米粉红色的皮飞起来，飘了一床，像下了一床红雪花。

“长腿表哥，你不能这么做，这是不文明的。”

可万尔福的话让长腿表哥有点不高兴：“哼，我来聊天给你听，你不但不感谢我，落几片花生皮在床上，你就气哼哼的，净让我伤心。”

万尔福只好又给长腿表哥敬一杯酒说：“对不起，算我刚才说错了话，向你道歉。”

万尔福低头在床上一片一片地捡花生皮，长腿表哥看着不顺眼，拽拽万尔福的头发说：“别人在说话的时候，要看着别人的眼睛，这是礼貌，懂吗？”

长腿表哥掰开万尔福的手，嘴巴噘成一根吸管，“呼”的一下，他把手里的花生皮全都吸进嘴里，万尔福吃惊地瞪大了眼睛。长腿表哥又不痛快了：“哼，万尔福表弟，用这种眼睛看人吃东西，太不礼貌吧！快，为你刚才的两次失礼敬我两杯酒。”

万尔福只好连敬长腿表哥两杯酒。

长腿表哥有点热血沸腾，心在怦怦地跳，他掀开被子说：“我的心中像有一团火，我憋在心中的千言万语，万语千言都要说出来。知道吗？平时，我连一句废话都不能说，我说了也没人听。我一进办公室，我的同事就拿来一只口罩让我戴上，我像一只光干活不让吃草的牛。我又痛苦又孤独。”

说着，长腿表哥委屈得放声大哭起来，眼泪鼻涕就用万尔福的被子擦，把万尔福的被子哭得像淋了一场大雨，万尔福又不敢把被子上的泪水拧干，不然，长腿表哥会说他不尊重他的眼泪，会哭得更加伤心。

好不容易长腿表哥止住了眼泪，他的嘴却再也合不上了，他的话像开堤的大河，哗啦哗啦流个不停。

万尔福看看酒壶中的酒，剩下不多了，万尔福试探着问：“长腿表哥，喝完壶中的酒，你能醉吗？”

长腿表哥摇摇头说：“这么好的助兴酒，再喝一壶，我也醉不了。万尔福，你真是我的好表弟，这个世界上，只有你最理解我。我决定，从此以后，我每天晚上都来陪你聊天。”

万尔福一听，他再也忍不下去了，抓起酒壶“咕咚咕咚”

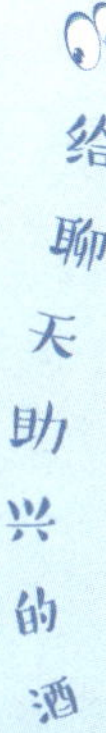

灌了下去。

万尔福喝醉了，他躺在床上呼呼大睡。

长腿表哥在万尔福的耳边大叫：“你这样做是不礼貌的，你必须坐起来听我聊天。”

可无论他怎么喊，万尔福也不应。长腿表哥只好闭上嘴，他太兴奋了，一点也睡不着，拿起万尔福的那本有关保护头发的书，一直看到天亮。

分抢万尔福

上午：给花浇水，松土，打扫院子。边干活，边听鸟儿唱歌。

下午：躺在院子里的躺椅上看书，身边放一壶茶，慢慢地喝。

晚上：在月下散步，脚上穿一双草鞋，闻花香，听蟋蟀叫。

这就是万尔福给自己的星期天订的计划。万尔福欣赏着写在淡蓝色纸上的计划，觉得这真是世界上最浪漫的计划。哈哈，真是神仙一样的计划！万尔福拿着计划，从床上跳下来。

“万尔福！”外面响起花朵那蜜糖一样的声音。

万尔福一哆嗦，啊，看来上午的计划要泡汤了。

花朵一进院子，就把两张粉红色的电影票贴在万尔福的鼻子上。

“万尔福，快点，我们一起去看早场的电影。啊，今天天气可真不坏，我要让你过一个愉快的星期天。记住，下次看早场的电影，你要早点去买票。在看早场电影这方面，你一点都不主动。哼！快，我们要迟到了。我讨厌看电影迟到。”

万尔福只好一个劲地答应：“好的好的。”

万尔福终于把他唯一的一根头发整理好后，正准备出发，长腿表哥洪亮的嗓门在外面响起。

“万尔福，今天天气不错，我来跟你聊天，让你过一个愉快的星期天。”

花朵急忙挽住万尔福的胳膊，像一块巨大的奶油一样甜甜地粘在万尔福身上，两只眼睛怒视着长腿表哥。

“万尔福，我的表弟，我的知音，你要到哪里去，你要抛下我，让我一个人过个痛苦的星期天吗？”长腿表哥过来挽住万尔福的另一只胳膊。

“这个……”万尔福不知如何是好。

花朵和长腿表哥一边一个，把万尔福的两只胳膊牢牢捉住，万尔福像被他们俩绑架了一样。花朵看见长腿表哥眉毛一竖，长腿表哥看见花朵眼睛一瞪。

花朵说：“万尔福得跟我一起去看早场电影，我都买好票了。”

长腿表哥说：“万尔福得留下听我聊天，我都准备了一肚子的话。”

花朵叫：“万尔福跟我走！”

长腿表哥喊：“万尔福留下来！”

正当他们争执不下的时候，大门又被推开了。

“万尔福舅舅！”

“万尔福舅舅！”

随着声音飞来一红一绿两只小鸟，是红豆豆和绿豆豆。

红豆豆和绿豆豆每人背后背着一个画夹。

“舅舅，今天天气好，你陪我们去公园写生，我们会让你过一个愉快的星期天。”红豆豆说着抱住万尔福的一只腿。

绿豆豆抱住万尔福的另一只腿说：“快走吧，舅舅，你身边一个胖子、一个瘦子，像是你的两个保镖。你要带着两个保镖一块去公园吗？”

花朵不高兴了：“谁是胖子？我才不是什么保镖，总得有个先来后到，不管怎么样，万尔福得先陪我去看早场电影。”

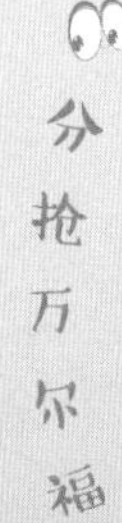

长腿表哥也不痛快了："说谁是瘦子？万尔福哪儿也不能去，就留在家里听我聊天。"

红豆豆和绿豆豆齐声说："万尔福舅舅得跟我们一块去公园写生。"

花朵、长腿表哥、红豆豆和绿豆豆争吵起来。

花朵拽着万尔福的左胳膊，长腿表哥扯着万尔福的右胳膊，红豆豆拉着万尔福的左腿，绿豆豆搬着万尔福的右腿，他们争抢起万尔福来。

只见万尔福前进两步，后退两步，左歪三下，右倒三下，痛得他咧着嘴直叫："放开我！放开我！"

谁也不放开万尔福。

争来夺去，忽然，万尔福一下子变了，他被扯出四个万尔福。花朵、长腿表哥、红豆豆、绿豆豆各拉着一个万尔福向外跑去。

真正的万尔福站在原地东张西望，他看着远去的四个万尔福有点莫名其妙："咦，他们都是万尔福，我是谁？怎么会有这么多的万尔福呢？我到底是不是万尔福？"

万尔福有点害怕起来，他看看这个万尔福，又看看那个万尔福，忽然大叫一声："你们别走，等等我！"便撒腿朝外跑去。

谢绝访客

万尔福发誓一定要过一个完整的星期天，一个只属于自己的星期天。

一大早，万尔福就开始做准备，他拔去了电话线，关闭窗户，把大门拴得紧紧的，在大门外挂了一个牌子：谢绝访客。后来，他觉得这四个字红豆豆和绿豆豆一定不会认得，便又在这四个字的下面写上拼音，哈哈，这下她们都会认得了，谁也不会来打扰万尔福的星期天了。

万尔福打算要看整整一天的书。

他在椅子上坐下来，拿起书，想想还是不放心，又用棉花塞住了两只耳朵，这下，就是外面的人喊破喉咙，他也听不见了。

万尔福躺在躺椅上翻开书，啊，真清静啊，他的脸上露出惬意的笑容。

可刚打开书，他就觉得浑身不自在，耳朵里塞两团棉花让他十分不好受，根本没法看书，一个字也看不进。再说，假如有访客来找他有什么急事，喊他他可是一点也听不见呀。万一耽误了大事，他会后悔的。

想到这里，万尔福急忙取下耳朵里的棉花，把它们扔得远远的。然后躺下来，第二次打开书，还是一个字也看不进。哎呀，屋子里闷极了，简直不能呼吸。怎么回事呀？啊，原来是窗户关得太紧，让人透不过气来。万尔福跳起来，哗啦哗啦打开窗子。啊，空气好清新，这样要是有人在外面叫他，就可以听得清清楚楚了。

万尔福又在躺椅上躺下，他刚拿起书，就忍不住看了看钟表，这个时候，应该是花朵来喊他一起去看早场电影的时间。今天她为什么没来呢？

万尔福在躺椅里捧着书，却一个字也看不进去。他想，花朵不来找他看早场电影，一定有什么事情，她应该会打个电话来。他猛然想起电话线被自己拔了，骂了一声："万尔福，你好狠心！"便跳过去接上电话线。他坐在电话前等了一会儿，电话铃仍然没响。他又无精打采地回到躺椅上。

过了一会儿，万尔福又看看钟表，现在应该是长腿表哥来找他聊天的时候，可他为什么没有来呢？发生了什么事呢？

不行不行，他们来找我，看见大门上挂着“谢绝访客”的牌子，一定会不高兴的，他们都是因为爱我才来找我，不是吗？我可不能伤他们的心呀！对，宁肯牺牲星期天，也不能伤他们的心。

万尔福三步并作两步，到大门外摘掉牌子，把它扔到垃圾堆里。好啊，这下他们来，就可以随便敲门了。

又过一会儿，万尔福干脆把大门也打开了。啊，谁来都成，万尔福全都欢迎！

时间在一点一点地过去，看看钟表，现在应该是红豆豆和绿豆豆来找他去公园里写生的时间。她们到哪里去了？

万尔福在屋里踱着步，后悔自己刚才不该把耳朵堵上、把窗户关上、拔去电话线、闩上大门，还在大门外挂上牌子，噢，多么残酷的万尔福呀！

啊，也许他们真的发生了什么事。哼，自己还躲在家里看书，真不像话！

我要马上看到他们！

万尔福扔下书，发疯地朝外跑去，边跑边喊：“花朵，长腿表哥，红豆豆，绿豆豆，我来啦！”

万尔福预备看的书躺在地上，他连一个字都没看进去呢。

油亮的头发

万尔福从来没有像现在这样感觉到头发对他的重要性，当他打开电视，一个美丽的小姐一摆头，她的黑瀑布一样的头发“哗”的一下从电视里流淌到他的脚下，差点把万尔福淹没了，吓得他慌忙从黑瀑布里游出来。电视里在问：“你不想拥有这样一头好发吗？”万尔福点点头：“做梦都想拥有。”

万尔福打开杂志，整页全是头发广告，五彩的头发从书页里飘出来，迷住了万尔福的眼睛，有一行大字在他眼前闪现：这样的头发你喜欢吗？“我太喜欢啦！”万尔福想抓住那些头发，头发却“唰”地回到了书页上。

唉，头发真的很重要啊！万尔福对着镜子看自己的头发，呀，不得了，他的唯一那根的头发什么时候变黄啦？！原本他的头发是油黑发亮的，难道这唯一的头发也……想到这儿，万尔福打了个寒战。他焦急起来，急忙搬来自己的藏书，当然都是些有关保护头发的藏书，他翻呀、看呀、找呀，整个人都埋在了书堆里，只剩下他那根头发在空中晃来晃去。

啊，看明白了，书上说，要想头发油黑发亮，需要吃黑色食品。

“黑色食品，黑色食品……”

万尔福嘴里念叨着，提着篮子去街上买黑色食品。

他先买回来一大篮黑芝麻。他炒着吃，炸着吃，放上盐吃，放上糖吃。他还把芝麻撒在馅饼上，撒在稀饭里，撒在米饭里，撒在面条里……直吃得一睁开眼睛，眼前就飞舞着芝麻，他再也吃不下一粒芝麻了。可是看看芝麻还剩下大半筐呢。好吧，把芝麻撒在院子里，等到秋天会长出更多的芝麻来。可是看看头发，一点也没变黑。万尔福又提着筐上了街。

这一次，万尔福买回来一大筐黑豆。

“我从小就爱吃豆子，这筐豆子我一定会吃得一粒不剩。”

万尔福先炒了一锅黑豆。啊，炒豆可是他从小最爱吃的东西。他扔了一粒在嘴里，嚼了嚼，真香！再扔一粒，再扔一粒，连吃几粒，他就感到口渴。黑豆也不那么香了。咦，小的时候，炒豆是那么香，吃得再多口也不渴。

万尔福又换一种吃法，盐水煮黑豆。没吃两次，也吃腻了。

然后，他又把黑豆泡成豆芽。总吃豆芽，万尔福觉得自

己都快变成万豆芽了。

他把剩下的黑豆，也撒进院子里。等秋天一到，就有黑豆子吃了。

然而，头发呢，还是那么黄。不行，还得继续吃黑色食品。

万尔福又买回一筐黑米。

黑米烧出来的稀饭，颜色真难看，万尔福一口也不想喝。黑米烧出来的大米饭，黑咕隆咚，让人没有一点食欲。

唉，这一筐黑米不能种，不能撒进院子里，只好撒进虫子的肚子里。

后来，万尔福又买了很多黑色食品，因为老吃不完，家里成了黑色食品的仓库。

然而，万尔福的头发呢，还是老样子。

再买黑色食品，吃不完院子里可没处撒了，屋子里也没处放了。

“哼，我就不信我的头发永远不会油黑发亮。”

万尔福生气了，他拿来一瓶黑色的发油和一支棉签，小心地把一滴发油滴在棉签上，用棉签往头发上一抹，顿时，万尔福的头发变得油光闪亮。

看着镜子里自己的头发，万尔福明白了让头发变得黑亮竟如此简单，而他花了那么多的精力和钱，万尔福好后悔哟！

花样游泳法

暑假的一天，万尔福带红豆豆和绿豆豆去游泳。红豆豆和绿豆豆都带着游泳圈，只有万尔福两手空空。

“万尔福舅舅，你不带游泳圈，真的是会游泳吗？”红豆豆问。

万尔福仰天一笑：“这个一点不用怀疑，不用为我担心。”

绿豆豆想了想说：“红豆豆是担心我们掉进游泳池里，没人来救我们。”

“有我呀，我来救你们。”万尔福拍拍胸脯。

“可那时候你要是也在游泳池里沉着呢？”绿豆豆仍不放心。

“哈哈，我怎么会在游泳池里沉着呢，除非我扎猛子，才会沉到水底下。告诉你们，我从小最大的愿望就是当一名游泳健将。”万尔福在空中挥着胳膊，做出游泳的姿势。

“我记得你从小的愿望是当一名画家哟！”红豆豆和绿

豆豆一同说。

“哦，是吗，让我想想。”

万尔福皱起眉头，一想就想到了游泳池边，就不再想了。他大声喊道：“嗨嗨，我们到了，你们瞧我的吧。”

红豆豆和绿豆豆都穿着花花绿绿的游泳衣，像两只热带鱼。可是两只假热带鱼不敢下水。

万尔福穿着绿色的游泳裤，大青蛙一样“扑通”一声跳下水，还招呼红豆豆和绿豆豆下去。

红豆豆和绿豆豆坐在岸边害怕得直摇头。

“万尔福舅舅，你能再跳一次吗？”红豆豆问。

“这很简单，我马上表演给你们看。”万尔福三下两下爬上岸，“扑通”又是一跳，溅起很高的浪花。

万尔福沉下去，又浮了上来。

红豆豆说：“我真担心，万尔福舅舅要是沉下去不浮上来了怎么办？”

绿豆豆吐了一口气：“还不太糟糕，我们还在岸上，不然，他是救自己呢，还是救我们呢？”

万尔福在水里只露出一只脑袋喊：“快下来，只有在水里才能学会游泳。”

红豆豆和绿豆豆还是摇头。万尔福说：“水很浅，瞧！”

万尔福站起来，原来水才到他的胸口。

红豆豆和绿豆豆还是没有勇气。红豆豆眼睛一转说："万尔福舅舅，你先游一次，给我们看看你到底会不会游。"

万尔福哈哈一笑："这是小菜一碟。瞧着吧，我是个花样游泳健将，什么姿势都难不倒我。"

"舅舅，你先来个蛙泳吧。"绿豆豆早就在画里画过青蛙游泳。

万尔福爽快地答应了，他摆出架式朝前游去。没想到刚游一会儿，万尔福就沉了下去。他在水底喝足了水，才露出水面。为了不让红豆豆和绿豆豆感到害怕，他边咳嗽边笑。

绿豆豆给万尔福舅舅鼓掌，还说："万尔福舅舅，你游泳的样子可没有青蛙好看。"

红豆豆叫道："我要看仰泳，万尔福舅舅要把脸露在水上面！"

"这没问题。"

万尔福笑眯眯地张着嘴脑袋往后一仰，便摆好了姿势。他的胳膊还没划两下，脚刚离开池底，整个人就如一块石头一般沉到水底。"咕咚咕咚"，这下万尔福又没少喝水。他知道游泳池里的水不干净，但他没办法。

万尔福边咳嗽边笑，还朝红豆豆和绿豆豆挥手，当然不

能让她们看见他喝水，不然，她们永远也学不会游泳了。

“你看万尔福舅舅的肚子是不是比刚才大了一些？”红豆豆对绿豆豆说。

绿豆豆使劲地盯着万尔福舅舅的肚子看。

万尔福怕被看出破绽，忙说：“我再来给你们表演一个自由泳。”

不用说，万尔福在表演自由泳的时候又喝了水。

万尔福说：“红豆豆，绿豆豆，你们看够了没有，快点下来吧！看，水多么蓝！呃！”

万尔福打了个饱嗝。

红豆豆让绿豆豆先下，绿豆豆让红豆豆先下。结果，谁也不下。

红豆豆对万尔福说：“我们还没看够你的游泳表演呢，你再给我们表演一个天鹅泳！”

万尔福想：哪里有什么天鹅泳，不过，不管什么泳，自己一样得喝水，只要红豆豆肯下来学游泳，目的就达到了。

万尔福伸长脖子去学天鹅，又一次喝了池中的水。

他刚从水里出来，只听绿豆豆叫：“来一个鸭泳。”

鸭泳跟天鹅泳大同小异，就是一个多喝几口，一个少喝几口。

接着，万尔福应两个外甥女的要求，又表演了蛇泳、鱼泳、螃蟹泳、泥鳅泳……直到万尔福再也游不动了，不，直到他再也喝不进水了，才从游泳池里爬上来。

其实，万尔福只会一种游泳姿势，那就是——狗刨。可是他再也没有力气表演他的绝活了。

万尔福坐在游泳池边喘气，绿豆豆说："万尔福舅舅，你好像每一次表演完，都要在水里沉一会儿。"

"这个——"万尔福真不想回答，"这是游泳时要遵守的规则。"

"我们游泳也要遵守这个规则吗？"红豆豆问。

"不不不，你们千万不要模仿我。"万尔福连连摆手。

"万尔福舅舅，你的肚子怎么变得这么大？"绿豆豆奇怪地问。

正在这个时候，管理员走过来，疑惑地看看万尔福的肚子，又看看游泳池，原来游泳池里的水少了半池。万尔福慌忙用绿豆豆的游泳圈遮住他的肚子。

"你们真不想下去试试吗，看，池中的水已经很浅了。呃！"万尔福有些困难地对红豆豆和绿豆豆说。

红豆豆和绿豆豆看着管理员那可怕的眼睛，一齐拉着万尔福舅舅说要回家。

他们刚走两步，就被管理员就拦住。管理员指着万尔福肚子厉声说："把偷的东西拿出来！"

"我……我没有偷任何东西呀。呃！"万尔福捂住嘴。

"一二三，趴在池边！"管理员喊着口令。

万尔福只好服从。他刚往池边一趴，便把刚才喝进去的水全吐进了水池里。

"真没见过，连游泳池里的水都偷，没羞！"管理员眼睛瞪得像要把万尔福吃进他的肚子里。

"对不起，我不是故意的！"万尔福不想透露他不熟练的游泳技术。

"好啦，你是一个不受我们游泳池欢迎的游泳者。这两位小朋友，我们倒是欢迎。只买票，不下水。"管理员像占了小便宜似的笑了。

"不，我们永远不来你们的游泳池游泳了。走，万尔福舅舅，我们到别的游泳池去！"红豆豆像只骄傲的孔雀，迈步朝外走去。

"你们答应下水游泳啦？"万尔福觉得自己的水没有白喝。

绿豆豆和红豆豆一齐回答："我们到另外一个游泳池看你表演。"

万尔福一听，差点没晕过去。

神秘的野炊

这是一个阳光明媚的星期天，万尔福带着他的两个外甥女去野炊。

“野炊是一件最浪漫的事情。”万尔福把他唯一那根头发整理了又整理，还穿上了一件看上去很浪漫的花衬衫。

红豆豆和绿豆豆在忙着准备野餐篮子，她们把锅碗瓢盆都装进篮子里，还准备了一块美丽的桌布。

“万尔福舅舅，我们该出发了吗？”红豆豆把万尔福从镜子前拉开。

“万尔福舅舅，快来拿野餐篮子。”绿豆豆指着山一样高的篮子叫。

“这是什么？拿这些东西干什么？”万尔福惊讶地问。

“电视里的野餐都是这样的啊！”绿豆豆说。

“不，电视里的人都太傻，我们的野餐是不需要这些东

西的。”万尔福一副神秘的样子。

“那我们带什么去野餐呢？”红豆豆问。

“我们只带一盒火柴。”万尔福把一盒火柴小心地放进口袋里。

“啊？”红豆豆和绿豆豆都愣了。

万尔福得意地一笑：“先保密，到时候你们就知道了。”

于是，万尔福骑着他的红色单车，前面带着绿豆豆，后面带着红豆豆，向野外飞奔而去。

出了城市，再往前走，就是农村，田野里到处是绿色的庄稼。风从玉米的叶子上吹过，发出最好听的音乐声。玉米杆上的玉米棒子饱满极了，仿佛再多长一天，就要从杆子上蹦出来。玉米地的旁边还有大豆、红薯等植物，它们似乎想在哪儿绿就在哪儿绿。

万尔福对红豆豆和绿豆豆说：“我们到了，快下来！”

红豆豆和绿豆豆齐声说：“我们应该在森林里野餐，不是在这儿！”

“电视上演的都是幻想出来的，森林离我们太遥远了，你们就把这玉米地当成森林好了。”万尔福从单车上跳下来，喜悦地吹了一声口哨。

红豆豆和绿豆豆来到玉米地旁边，朝玉米地里张望。

“我敢打赌，玉米地里不会有大灰狼的。”

绿豆豆的话音刚落，就听见玉米地里一阵沙沙响，绿豆豆吓得大叫一声：“救命！”

“啊，是一只癞蛤蟆，它不会要你的命的。”红豆豆捂着鼻子，好像她的鼻子最怕癞蛤蟆。

“呀！”绿豆豆又是一声尖叫。

红豆豆再一看，绿豆豆红扑扑的脸白得像抹了一层白粉，她一动不敢动。原来，她的头上站着一只雄纠纠的蚱蜢。

红豆豆紧张得咬着手指头不说话，她怕一说话那可怕的

蚱蜢先生就会抓住绿豆豆的头发把她抓走。

绿豆豆正想再次尖叫，那蚱蜢很不屑地在她的头皮上一蹬，飞到它想去的地方了。

看到这一切，万尔福哈哈大笑："你们还想去大森林，见到大灰狼，你们两个都得变成胆小的兔子。"

红豆豆和绿豆豆像兔子一样跳到万尔福的身边。

万尔福一挥手说："走，我们去摘玉米，今天的野餐是红烧玉米。"

万尔福找了些干树枝，红豆豆和绿豆豆去摘玉米。

一会儿，火烧起来了，玉米在火里散发出诱人的清香。红豆豆和绿豆豆都馋出口水来了。一个劲地问："好了吗？能吃了吗？"

万尔福一点也不着急，躺在青草地上，哼着歌。

忽然，红豆豆叫起来："万尔福舅舅，玉米着火啦！"

绿豆豆喊："快救玉米的命！快救玉米的命！"

万尔福一轱辘爬起来，发现真的是玉米着了火，他对红豆豆和绿豆豆说："不要惊慌，我会把大火扑灭，这个我从小就在行。"

万尔福差一点说自己从小的愿望是当一名消防队员。

只见万尔福飞快地脱去衬衫，抓住衣领，朝火堆扇去。

玉米上的火终于被扑灭了，但万尔福的衬衫却着起火来。这下，无论万尔福怎样摔打，衬衫上的火就是不灭，直到把衬衫烧了个干干净净。

可是玉米的香味，使他们忘记了衬衫，万尔福跟红豆豆、绿豆豆一起大吃烤玉米。

吃完玉米，万尔福、红豆豆、绿豆豆都成了花猫脸。

万尔福发愁地说："我光着背怎么回去呢？"

绿豆豆出了个主意说："我可以用烧过的柴棒给你画一件衬衫。"

万尔福叫道："真妙，你和红豆豆一人画前边，一人画后边，这样画得更快。"

于是，红豆豆和绿豆豆一前一后，快乐地给万尔福舅舅画起衬衫来。

红豆豆在前边画了一只大蚱蜢，绿豆豆在后边画了一只癞蛤蟆。哈哈，真是一件时髦的衬衫。

万尔福穿着这独一无二的衣服，带着红豆豆和绿豆豆，大声唱着歌，朝城里奔去。

受伤的神鸟

万尔福和红豆豆、绿豆豆在院子里给花儿浇水，忽然，一只黄鸟儿像一只被枪射落的飞机一样，掉在月季花的花心里。

“受伤的小鸟！”红豆豆和绿豆豆几乎同时叫了起来。

万尔福马上把小黄鸟捧在手心里，左看右看，原来是小黄鸟的腿受伤了。

“怎么办？”万尔福问红豆豆和绿豆豆。

“送医院！”红豆豆和绿豆豆异口同声地回答。

万尔福摇摇头：“我看还是由我来给小鸟包扎，我从小的愿望……”

万尔福的话还没说完，红豆豆和绿豆豆就帮他说了后半句：“就是当一名医生。”

“最了解我的人就是我的两个外甥女！今天我终于有了

当一回医生的机会，太好啦！”

万尔福笑着小心翼翼地把小黄鸟捧到屋里，用创可贴将小黄鸟受伤的腿包扎好。

小黄鸟躲在万尔福的手心里发抖，一双受惊的眼睛不停地转动着。

“看，它饿得浑身发抖，它可能有一年没有吃饭了。”红豆豆说。

绿豆豆已经拿来了巧克力，可小鸟扭来扭去不肯吃。

“它一定是渴坏了，一定是一年没有吃饭，一年也没有喝水。”红豆豆打开一罐饮料。

小黄鸟尝也不尝一口。

万尔福叫道：“等等，我拿一样东西来，小黄鸟一定吃。”

万尔福端来一盘苹果，放在小黄鸟的嘴巴旁，小黄鸟别说吃，看也不看苹果一眼，好像根本不认识这是什么东西。

万尔福耐心地对小黄鸟说：“这是苹果，吃了它，又解渴又解饿。”

红豆豆对万尔福说：“万尔福舅舅，你不能像人一样说话，要像鸟一样说话小黄鸟才听得懂。”

“你得尖着嘴巴叫。”绿豆豆出主意。

万尔福真的尖着嘴巴叫了一通，然后万尔福自己笑了：

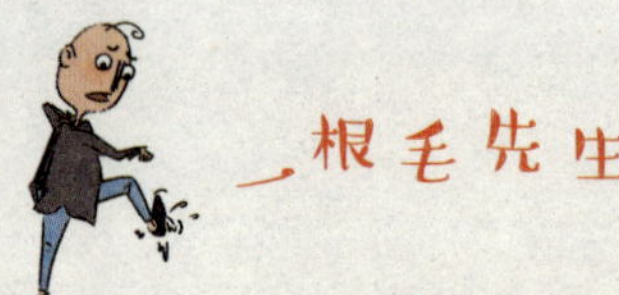

“别说小鸟听不懂，连我自己都不知道自己叫的什么。”

红豆豆和绿豆豆咯咯大笑。

“它不吃巧克力不喝饮料不吃苹果，它肯定不是一般的小鸟，它是一只神鸟！”万尔福思考着说。

“啊，一只神鸟？！”

红豆豆和绿豆豆吃惊得张大了嘴巴。

“是啊，因为它是一只神鸟，所以它不肯吃一般的东西。”万尔福分析。

“那它吃什么东西呢？”红豆豆问。

“它呀，可能是想吃虫子。”

“啊，神鸟原来跟一般的鸟爱吃的东西一样啊！”绿豆豆望着万尔福说。

万尔福弹了一下绿豆豆的小鼻子：“不对哟，一般的鸟吃了虫子以后，拉出来的是鸟粪，而这只神鸟吃完虫子以后会拉一颗金种子在窗台上，像传说中的故事一样。”

“金种子可以干什么用？”红豆豆不明白。

“金种子可以结金葫芦，金葫芦里什么宝贝都有。”万尔福一脸的神秘。

“啊？”红豆豆和绿豆豆睁大眼睛互相望着。

“那我们到哪里去给小黄鸟找虫子吃？”绿豆豆问。

“当然是野外。你们愿意跟我一块去吗？”

“愿意！”红豆豆和绿豆豆一齐欢呼。

万尔福带着红豆豆和绿豆豆来到野外捉虫子给小黄鸟吃。小黄鸟真喜欢吃虫子，他们捉了很多，吃不完就用瓶子装回来。

小黄鸟一天换一次创可贴，一天吃很多虫子，它的伤渐渐地好了。

万尔福和红豆豆、绿豆豆都为小黄鸟高兴，看小黄鸟天天在院子里练飞翔。

一天，万尔福和红豆豆、绿豆豆捉虫子回来，小黄鸟不见了，它飞走了。

“好啊，小黄鸟一定是伤好透了。我的医术很高明，对不对？”万尔福很骄傲地说。

“不，是我们捉的虫子有营养。”绿豆豆叫。

“它在窗台上拉一颗金种子了吗？”红豆豆忽然想起这件事。

他们急忙跑到窗台上去看，窗台上没有金种子，只有一堆小黄鸟的粪。

“这是怎么回事？”红豆豆和绿豆豆问。

万尔福恍然大悟说：“哦，是我弄错了，这是一只普通

的小黄鸟，不是神鸟。它没有什么可以报答我们的，就留下了一堆鸟粪。”

红豆豆和绿豆豆相视咯咯大笑：“哈哈，万尔福舅舅，我们早就知道这是一只普通的鸟。”

“啊，是这样啊。”万尔福有点不好意思了。

绿豆豆建议说：“我们可以把小黄鸟的粪制成标本，看着标本，我们永远怀念它。”

“我也这么想。”说着，红豆豆拿来一张给鸟粪做标本的硬纸。

万尔福有些感动地望着他的两个双胞胎外甥女，有点眼泪汪汪。

没过几天，万尔福的屋里挂上了一个鸟粪标本镜框，里边还有一行字：一只鸟的珍贵礼物。